『深い河』創作日記

endō shūsaku
遠藤周作

講談社文芸文庫

目次

『深い河』創作日記

『深い河』創作日記

一九九〇年（平成二年）

八月二十六日（日）晴

目黒の新しい仕事場に移ってほぼ一ヵ月になる。新しい小説の漠然たるイメージはあるのだが、まだ着手していない。『大友宗麟』と『男の一生』とに追われて手がつかぬのだ。気持だけ焦燥しているが踏み出せない。とに角一枚でもよい、書きだせば始まるのだ。それはわかっているのに。

成瀬夫人
ビルマの出征元兵士
小説家

八月二十七日（月）

歯痛のため午前福岡歯科に。
仕事場に戻り、夕方まで仕事。しかし肝心の創作には手がつけられなかった。

八月二十八日（目黒の仕事場にて）

吉川夫人　ニューデリーの美術館でヒンズー教の女神像を見て両性具有、善なるものと悪なるものの共存を考える。彼女は次第にこれが人間と思う。しかしその人間を包む大きなものが欲しい。マザー・テレサ。

ビルマの元兵士　ビルマ戦線にて戦友Aより転生をきく。戦友Aを探しに彼は印度に来た。彼は昔、女性捕虜の性器を食べたことがある。外人神父によって命を助けられた信者、神父の体を食べたことがある。

小説家　情事、愛欲と愛。

「強い香水の匂いが小説家に彼が匿していた過去を甦らせた。場所は印度ニューデリーの国立博物館の一階だった。女はヒンズー教の女神像の前にうつむいて立っていた」

八月二十九日

小説家の愛人　愛欲の世界のなかでのむき出しの独占欲、エゴイズム、小説家の妻は絶望的な病気である。愛人は愛欲の世界からアガペに変る。（モウリアックの『蝮のからみあい』）

別にカトリック作家にしないでもいいのではないか。

吉川夫人の着ていたもの
やや長めのキュロット（黒）
長袖ブラウス（ショッキングピンク）

九月七日（金）

関、古木、池田、加藤の各君を拙宅に食事に招く。

九月八日（土）

夜、都ホテルにて（妹尾）河童さんと対談。

九月九日（日）

今日も夜、都ホテルにて食事。帰宅後、妻を誘い大鳥神社の秋祭に散策す。妻、露店の植木屋より菊二鉢を買う。小説、未だ手につかず、怠慢恥じるのみ。

（半頁余白）

十二月三十一日　晴

夕方まで在宅。妻外出のため留守番。十二月に泥棒に入られ、金庫の金を奪られてから、家を無人にできなくなった。川袋さん、甥の家にて正月を送るゆえ、妻と二人で今年の最後の日を送ることになった。

二時、吉園さん、御節料理をわざわざ持ってきてくれる。大山さん来て妻と交代でマッサージ。
四時半、寒いが我慢して目黒の仕事場へ。仕事にかかり七時半
権之助坂をおりて帰宅。

一九九一年（平成三年）

一月一日　曇、後、霧雨

終日、在宅。夕景、龍之介夫婦子供を連れて来たる。加藤夫婦及び韓国学生ユージン君も加り共に屠蘇を祝い雑煮をたべる。

一月二日（水）

仕事場に行き、茫然として一日を過す。

一月三日

仕事場に行き仕事、読書。

一月七日（月）

夜、「福禄寿」に池田氏、川島正子と集り、談笑して戻る。本格小説、依然として着手できず。わが身を恥じるのみ。

（二頁余白）

九月五日（木）

『男の一生』連載を終り、愈々純文学に久しぶりにとり組むことにする。その気持の準備で暫く読書を続けるだろう。

数日前、大盛堂の二階に偶然にも棚の隅に店員か客が置き忘れた一冊の本がヒックの『宗教多元主義』だった。これは偶然というより私の意識下が探り求めていたものがその本を呼んだと言うべきだろう。かつてユングに出会った時と同じような心の張りが読書しながら起ったのは久しぶりである。

ヒックは基督教神学者でありながら世界の各宗教は同じ神を違った道、文化、象徴で求めているとのべ、基督教が第二公会議以後、他宗教との対話と言いながら結局他宗教を基督教のなかに包括する方向にあると批判している。そして本当の宗教の多元主義はイエスをキリストとする神学をやめ、つまりイエスの受肉の問題と三位一体の問題にメスを入れるべきだと敢然として言っているのである。

この衝撃的な本は一昨日以来私を圧倒し、偶々（たまたま）、来訪された岩波書店の方に同じ著者の『神は多くの名前をもつ』を頂戴し、今、読み耽（ふけ）っている最中である。

曙碁所（宇宙棋院）にて碁をうつ。二勝一敗。

九月六日（金）

朝、文化村のミュゼにてミレー展を見る。客未だ少くゆっくりと後期のミレーの農村画を鑑賞する。たんなる田園趣味ではなく、印象派風の光と陰の手法を駆使してこれを荘重な宗教画に高めたのがミレーの功績である。

仕事場に行き読書と仕事だが、ヒックの衝撃的な本を読んだあとは何を開いても味けなく、仕方なしに大盛堂に残暑の汗をかきながら赴くが一冊も買いたい本なし。

九月七日（土）

午後、皆川さん来り碁をうつ。一勝二敗。台風近づき雨のふりそうな天気を皆川さんと「利庵」に行き酒二本。帰路、大鳥神社の祭にあい車を停めて夜店を見物する。

九月八日（日）

台風。しかし東京にさほど影響はなし。

エラノス叢書『光・形態・色彩』を読みはじめる。

九月九日（月）　台風一過、夕暮、漸く晴

夜、鹿内美津子さんと飯倉の「野田岩」で食事。そのあと都ホテルにて飲す。

九月十一日（水）　雨

夕刻、「利庵」にて関、加藤及び海竜社社長、仲田さんの五人と会い、小憩の後、都ホテル「四川」に飦す。

夜、帰宅。腹痛を催す。

九月十二日

講談社文庫局長来る。『反逆』文庫本化の件。

夜、曙碁所。腹痛のため惨敗を喫す。

九月十三日

雨。台風来るの報。夜、関夫人を誘い池袋・東京芸術劇場にて

鮫島有美子さんのモツァルトを聴く。

九月十四日（土）

大分に樹座のオーディションのためスタッフと羽田を出発する

ため集まったが飛行機台風のため飛ばず。

九月十五日（日）

大分に赴き、平松知事に迎えられオーディションを行う。百名。女子高校生など若い人多く中年が少い。

九月十六日（月）休日

中央会館にて東京大司教区百周年記念で講演。

九月十七日

四時過ぎまで仕事。四時半、都ホテルにてマーク・ウィリアムズとあい著書の相談をする。後、川島織物の会長と雑談。

九月十八日　曇

一日中、雨。秋とはいえ秋晴れの日はほとんど稀。夜、順子と川袋さんと東京会館で会い、「プルニエ」にて食事。

九月十九日

すさまじい豪雨。台風十八号。

佐藤（朔）先生の眼の治療のために山の上ホテルにて九時。加登先生と落ちあう。

午後、仕事場に戻るも雨甚し。

九月二十一日（土）雨

午後、例によって按摩をとり、うつらうつらとする。六時、加藤君迎えに来り共に雨のなかを五反田のホールにて松山バレエの若手たちのバレエを見に行く。はじめは馬鹿にしていたが、佐藤、山川両嬢のパ・ド・ドゥには感心して引きこまれた。隣席に清水（正夫）、松山（樹子）両先生が座られ、丁寧に御説明を頂き、非常に贅沢な夜だった。終って両先生に促されステージの袖にて清水（哲太郎）、森下（洋子）両バレリーナや若手の佐藤、山川さんと握手をしたが、両嬢とも汗で化粧もくずれ、肩で息をしている状態で、華やかな舞台に比べ、実際は非常な肉体労働であることが一目でわかる光景だった。

加藤君を寿司屋に誘ったが仕事がある由、私も自宅に戻り茶漬けを食べて就寝。

九月二十二日

聖心、宮代会によばれ、聖心のチャペルにてしゃべる。そのあと青山劇場にてコールパパス（合唱団）で挨拶をすませ、藤本たちの雑誌G・Pにて輪廻転生について対談。終って私を待ってくれている池田、高野君たちと対談出席の加藤、藤本たちと中国料理を食べる。

九月二十四日

夕方まで仕事部屋。四時より「あけぼの」のための対談。終って六本木「和田門」に加藤の車で行く。桜田淳子さんの招宴があり、LaLa企画社長の滝さんと共に「和田門」のステーキを御馳走になる。

九月二十五日

六時より慶応病院にて倫理委員会があり、委員として出席した。

下準備ができてもいないのに技術先行で臓器移殖をするのは市民として不安感ありとのべ、大半の教授もうなずいてくれた。終って西野素子先生と都ホテルで飲む。先生酔われて笑いころげられる。

九月二十六日

京都。

車中、関ケ原のあたりより彼岸花が赤く土手に咲くのを見る。田園の稲田は美濃をすぎて近江に入ると急に黄ばみ拡がる。うす

い秋の陽がさし、堀口大学の、

　夕ぐれの時はよい時

　かぎりなくやさしいひと時

という詩をなぜか心に甦らす。

都ホテルに投宿。夜、京都大学朝尾教授と対談。微酔して大胆な質問をする。同席に東大の史料編纂室の山室助手（女性）。

妻、奈良見物より都ホテルに寄る。

九月二十七日（金）

朝十時九分にて帰京。花房山に戻る。

小説構想一向に進まず。花房山仕事部屋の書斎にて頬杖をつき、徒らに一日を過す。

わが仕事部屋は目黒花房山の一角にある。向い側はコロンビア大使館。目黒通りよりここに足を入れると別世界の如く静寂である。代々木深町の書斎よりここに移って一年半。心のみあせり、仕事の構想未だならず。
昏暮、「利庵」に節ちゃん、岩崎神父を誘い飲む。

九月二十八日

ようやく少し晴。昼、伯父十周忌で海運クラブに寄り、従兄弟たちと歓談。集る者はほとんど老いたる男女。花房山に戻り夕刻までほとんど筆を執らず。

九月二十九日（日）

午前中、少し晴れかかった空も午後より曇る。日曜日なれど花房山に来り、黙念と刻を過す。午後一時、都ホテルにてライスカレーを食べ、戻る。
夜、帰宅して、黒井千次氏から贈られし肉を焼いて食す。

登場人物

①前世の夢をたびたびみる男。夢。川
②成瀬夫人
③日本憲兵に拷問されて後に死ぬ。イエスのアナロジイの神父が思い出にある作家。

蕪村句集を開き読むに、春の句には秀句が多いわりに秋の句には好ましいものが少い。強いて幾つか列記すれば、
初秋や余所の灯見ゆる宵のほど
朝がほや一輪ふかき淵の色
立去ル事一里眉毛に秋の峰寒し（妙義山）
月天心貧しき町を通りけり
去年より又さびしひぞ秋の暮
父母のことのみおもふ秋のくれ
③の神父については受難におけるイエスを彷彿と連想をさすこ

と。作家は（当時の群像として）彼を憎み、蔑む者たちのなかにいること。神父は復活すること。作家の筆のなかで作家はなぜか理由わからず神父の事を書くこと。人その友のために死す、これより大いなる愛はなしと書かれた神父の古い手帖。

②成瀬夫人。テレーズ・デスケルウ。彼女の善意は悪となり。その物語を作らねばならない。

①彼　ビルマ戦線　僧侶

九月三十日

午前、新潮社宮辺氏来訪。

夜、原宿のキリスト教芸術センターにて京大岡田節人教授の「生命学と細胞」について魅力ある話を聴く。教授は七十近い壮健な人で諧謔を好み、わかりやすく細胞にひそむ生命力と生殖力とを語る。生殖力とは生命恢復力であり、生命力とは多様細胞とのコミュニケイションによって全体を保持する力であり、それには形の形成まで含まれている。

スライドを見せてから語ってくれた二時間の話は私をまったく魅了した。

会のあと広石（廉二）君より新著『遠藤周作の縦糸』を渡される。広石君ならでは書けぬ研究である。

十月一日（豪雨）

雨。花房山の書斎にて頬杖をつき小説を考える。

私の場合、私のテーマ、もしくは心情と密着した事件があれば、その小説は滑らかに進行する。①の場合は現実にあった事件だが、②と③はまだそれがない。それがないと文体が切迫せず観念的になる。伏線を細かく張れない。

昼、都ホテルで日本人と結婚した魅力的な英国夫人と話をする。日本人は夫婦の共同生活がないとしきりにこぼすが、その中で自分を殺したくないと盛んに言う。やはり白人の女性だ。

十月二日（水）

歯医者にて治療。

京王プラザホテルでロンドンから戻った園子ちゃんたち、池田、高野氏と食事。馬鹿話に興じる。

十月三日（木）

午後、鈴木さん来り碁の指導をうける。

夜、曙碁所。少し強くなった感じがする。

十月四日（やや晴）

エクスプレスの女性記者ポンさんと都ホテルで会う。仏蘭西の女性について私はどちらかと言うと好感を持っていないが、この人は感じがいい。先年、東京にくれば私にたかっていた巴里高師卒の女性はその後礼状ひとつ寄さない。あれ以来、私は仏蘭西女性が嫌いになった。

夜、「重よし」で風間（完）さんと日経宝玉氏を招き食事。風間さんは幼年時代、絵以外まったく勉強ができなかった由。そういう少年が私の小学校の時もいたものだ。教師たちにはそういう子が理解できないのである。

十月五日（土）

一日花房山の仕事場。珍しく晴。

私は気を信じる。陰気や没落しつつある人に会うとその気がこちらに移ることを感じるようになった。

十月六日（日）

午後、皆川さん来る。三局、一勝二敗。

十月七日（月）

月曜会。「ヒックの神学」についての話。パネラーの間瀬教授と門脇神父の間にイエス論をめぐって激論。というより喧嘩。外は烈しい雨。司会者の私はヒックの考え方と従来のキリスト論の間に引き裂かれて当惑した。

十月八日

夜、碁をうつ。黒井氏に一勝三敗。（但し三敗は二目おかせ、酒を飲みながらうったもの）

十月十日（木）

休日。津島佑子の長篇を読む。

十月十二日

偶然が小説のきっかけになることがある。利光（松男）に頼まれて日航の留学生の会で講演をしている時、ポルポト政権に家族を殺害された遠藤五郎の話やヴェトナム学生の話に及んだ。帰りの自動車のなかで突然この話が私の無意識を刺激した。そうだ。成瀬夫人をなぜその話に結びつけないのか。

夕刻、大分に向う。

十月十六日（水）

キツキ（杵築）の家老屋敷を昨夜見た。既に日が暮れ人影のない黄昏の家老屋敷道に二人の老人が立って待っていてくれた。私はここに二度来たが屋敷内を見せてもらったのは初めてだ。行燈が各部屋にともされ、庭の大木が夕風にゆれ、三日月が鋭く照っている。昔の夜がこれほど暗いとは思いもしなかった。

十月十八日

二日前、大分に行ったのに今度は北海道の旭川である。老骨よくこの労働に耐えると思う。

飛行機のなかで偶然黒井氏に邂う。彼も旭川近くにて講演の由。

旭川は雨。三浦綾子御夫妻の出迎えを受ける。三浦さんの奨めで郊外美瑛町の高原を見る。紅葉の色鋭く畠の稜線が美しい。

夜、講演、雨中なれど千人をこす聴衆あり。

十月二十日（晴）

文字通り秋の長雨の後、久しぶりの晴。朝、加藤夫妻迎えにきてくれ十時八分の新幹線にて京都に赴く。友人たち国際ホテルに投宿。月見の時間にはまだ余裕があるのでタクシーにて京都芭蕉庵に赴き、庵の裏にある蕪村の墓を拝す。

五時、嵯峨の家に行く。先着した順子を拾って大沢の池に。ようやく月が雲より現われ、月見に絶好の夜となった。船頭、竿をたぐり湖畔の葦の近くに船を停めて、中川（善雄）先生の笛を聴く。月光波にゆれ、森のなかで鷺の声が時折鋭くきこえ、満天の星、笛の調べ、幻妙。言葉につくせぬ一時間だった。船は池を一周して岸に戻る。一同狐狸庵に戻って夜餐、談笑。十時に散会。
久しぶりに別荘に泊ったが、順子夜半より喘息にほとんど眠れず、看病。

十月二十一日

朝、聚楽亭跡千本中町のあたりを廻って羅生門跡を見物して駅に。ホテルに投宿の友人と会して帰京。さすがに連日の疲労、如何ともしがたし。

十月二十三日

英国屋来り仮縫い、二着。

十月二十四日

横浜高島屋にて拙著サイン パーティ、百冊以上に署名を行い、疲れて帰宅。

十月二十六日

大阪に行きロイヤルホテルに投宿。夜、私の歯の主治医である福岡先生、小山先生、加藤と宗右衛門町のふぐ屋にて飰す。ふぐさしもさることながら出された珍味は美味。

十月二十七日

姫路に赴き講演。

十月二十九日

読売新聞、松村君来訪。午後、碁の先生と二盤。祐天寺の「寿し兆」にて西村洋子、鹿内美津子さんと食事。

十月三十日

新潮社文庫の人来り。夕方、韓国学生の李さん来訪。韓国公使の令嬢にてお茶の水大学にて日本文学を勉強との事。

十一月一日（金）

仕事場の近くに行人坂がある。私の毎日は花房山を出て目黒通りに至り、駅前のタクシーを拾って自宅に戻るのが常であるが、ある日、気まぐれで権之助坂に並行した細道を散歩がてらおりてみた。急な坂で途中に大木の茂った寺があり、その寺門の立札によってこの坂が江戸時代に作られたあの行人坂であることを知った。以後、私はこの坂を歩くことを何とはなしに楽しみにしている。

十一月二日

午前中、自宅に読売松村君来訪。

十一月三日

福島に赴く。新幹線の沿道、紅葉鮮やかだが夏の日、寝台で東北を北上したような美しさはない。秋の陽ざしが弱く風景が寂しいためであろう。

車中、三浦朱門の『家長』を読む。老いのなかの(一)面を子供の眼からこれほど残酷に書いた小説はない。老いのなかの(+)面がここにはない。

十一月六日

加登先生来訪、診察。

夕刻、講談社木下さん迎えに来られ築地、「金田中」にて野間文芸賞の銓衡(せんこう)。河野多恵子『みいら採り猟奇譚』に全票集る。

終って「遊膳」に行き、グループの連中と飦す。

十一月七日

午後、マッサージ。

十一月九日（雨）

シスター大岩と高橋たか子、久しぶりに来訪。二時間ほど談話。たか子さん、今後、小説ではなく霊的執筆にて生涯を送られる由。

十一月十日

今年の秋が長雨の後に訪れた時は既に晩秋となっていた。青空はヴェールを覆ったように精彩なく、私は花房山の仕事場から目黒通りの坂路を登りながらしばしばリヨンのわびしい晩秋の空を思った。坂路には黄ばんだ葉が落ち、籠をさげた外国の老婦人がおりてくる様子はフルビェールの丘の一角を私に連想させる。思えば若かりし日の余りに遠く去り行くこと。私は来年、六十九歳になるのだ。

十一月十一日

「現代」の記者来訪。少年時代について色々質問を受ける。夜半目覚めること数度、半ばまどろみながら長篇の構想一部を思う。夫人は老人を憐みによって殺す。ラスコリニコフの原理なり。とに角、書くことだ、書き出すことだ。それはよくわかっているが。

十一月（日付なし）

一日一日寒さがつのってくる。コートも冬のものを着ねばならなくなった。一日一日、自分の人生が終りに近づきつつあることを感じない日はない。

毎晩、小鍋仕たてで酒を飲みながらぼんやりと若い日々のことを思いだす。巴里のサンジェルマン・デ・プレを歩いた晩秋、マロニエの葉で埋ったコンコルドの広場。そして雪の舞っていたジュルダン病院のクリスマス。ああいう日も私にはあったのだ。

十一月二十三日

昏暮、時ちゃん（山口時子）来り。薬を持ってきてくれる。共に行人坂下に完成した雅叙園ホテルを見物かたがた訪れ、その俗悪趣味に驚嘆する。ホテル内は結婚式の客たちで溢れていた。とに角、きたのだからと、奥のステーキハウスで食事をして目黒駅にホテル所属のバスで戻る。時ちゃんと別れタクシーにて帰宅。

十二月三日（快晴）

愛知県江南市に赴く。講談社、文春、日経新聞の方々、及び新人物往来社の高橋氏、加藤宗哉など多人数なり。犬山ホテルに鞄をおき、余と加藤とは江南市の高校にて講演。その後、観音寺にて前野家の子孫、吉田竜雲氏主宰の将右衛門や景定公の慰霊祭に出席する。思えば何百年と世の人に余り知られざりしこの主人公を小生『男の一生』に登場させいくばくかは人々の知るところとなる。吉田氏兄弟編するところの『武功夜話』のお蔭なり。夜、犬山ホテルにて各社の方々と歓談、夜半に及ぶ。

十二月四日

快晴。高橋君指導のもとにバスを走らせ犬山城に登り、その後木曾川にそって松倉城跡に行く。木曾川の流れは取材中ここを訪れた五月とはやや情緒を異にしてはいるが、悠々として将右衛門が見た風景をそのまま残している。

十二月七日

講演をすませて帰宅。夕食後、妻と共に羽田に赴き、東急ホテルに投宿する。台北に行くためなり。

十二月八日

羽田飛行場より八時五十分の中華航空にて台北に行く。二時間半にて昼ごろ台北に着く。円山飯店に投宿。妻の着替えを待ち、輔仁(フジン)大学に林水福先生の御案内にて赴く。林先生の研究室にて小憩の後、大学はちょうど学園祭だったので、林先生の研究室にて小憩の後にホールにて名誉博士の授賞式に出席する。学長スピーチの後、余も短い演説をする。

その後、大学側主催の招宴あり。場所は台北内のホテル。むかし台北に来た時より格段に豪奢なホテルで、この国の経済状態の発展を思わせる。遅くホテルに戻る。

十二月九日（月）

故宮美術館に赴く。圧倒的な壺、書に息をのむのみ。

夜、林先生と共に食事をなし竜山寺を見物する。

十二月三十日（月）

午前、新宿の歯科に赴き治療をする。昨日より眩暈甚しく身体困憊（こんぱい）。午後は自宅にて静養、床に伏す。

十二月三十一日

平成三年最後の日なり。余、病弱の身にて漸く六十八歳の年齢を終えんとす。昔日、五十歳まで生きればと思いたる事、夢の如し。今日まで生かしてくれた神に感謝せざるべからず。

夜、妻と二人にて食事。不眠にこりてソラナックス二錠を飲みて床につく。

一九九二年（平成四年）

元旦（水）晴

正月らしき快晴。陽光和かにして久しぶりに落ちついた一日。今年こそは長篇完成させねばならぬ。

夕方、仕事場に行き年賀状を取るに例年より少し。帰途、行人坂の大円寺に参詣するに、二十人ほどの家族づれの参詣者、次々に境内に集る。大鳥神社にて、和服姿の男女つれだち破魔矢を持ちて帰途につく人の姿も見ゆ。夜、眠り薬を減らしてどうにか眠る。

正月二日（木）晴

今日もうららかな快晴なり。午後まで立花氏の『日本のサル学』を読む。

二時、曙碁所に行き宇宙棋院の面々と初碁をうつ。実力進歩せず。龍之介も来り。車に送られて帰り、茶漬を食べて就寝する。

正月三日（金）晴

快晴なり。

午後より加藤の車で頼近美津子、深津純子（朝日）を乗せ浅草に赴く。雷門近くにて泉秀樹を乗せ、まず待乳山聖天に参詣。夕刻近くのためか、参詣人の数もちらほらなれど、やはり和服の男性、晴着の少女、石段を登り鈴を鳴らし殊勝に手を合わせる風景は例年の如し。

三囲神社にも寄り、それより浅草に向ったが三日では「藪」もあいておらず、仕方なく車をホテルにあずけて牛鍋を食べにいく。頼近君、脱疽のため平生の元気なし。

羽子板をひとつ買って戻る。

一月四日（土）晴

今日も快晴。正月にして天気のかく続くは近年珍しき事。マッサージを受け帰宅。

一月五日（日曜）

本日も天気よし。仕事場に行き去年より片付けておらぬものなど整理して家内に迎えにきてもらい帰宅。中村稔の評論『駒井哲郎』を読みはじめる。

一月六日（月）

塩津、久しぶりに出勤。

挿入すべき話
ノサックの小説風に
①出ていく妻　人間の哀しみを出す
②あの手紙　桂林の夢　写真を見て夢の風景が出ていた

人間の哀しさが滲む小説を書きたい。それでなければ祈りは出てこない。

一月七日（火）

病院における成瀬夫人
夫に会いにいく妻。共に癌
夫から離れる妻　夫は規則正しい夫
肉を食べた兵士　肉を食べさせた神父

一月十日（金）

秋野（卓美）さんから電話あり。眩暈して困るとの話。症状をきくに小生の風邪とそっくりの気管支炎との事。この十日ほど続く眩暈の原因がわかったようで、やや愁眉を開く。

一月十一日（土）

午後、マッサージの後、英国屋来りて仮縫いをなす。

ようやく（不本意ながら）小説少しだけ進む。

一月十二日（日）

寒さ厳し。仕事場に行き、小説ほんの少し書く。これから長い険しい道がまた始まるのだ。

夜、妻と一緒にテレビでヒマラヤの七千米以上の峰を登る日中登山隊の記録を見る。雪崩、流雪、そして氷と闘いながら一歩一歩前進し、吹雪のなかでキャンプを張る。ほとんど苦役ともいうべきこの努力。

「一体、なんのためにこんなことをやるのかしら」

と妻は何度もきく。雪崩にのまれて日本隊員の一人が死ぬ。

一月十三日（月）晴

広石君来訪。

この長い友人も年をとった。孫二人になりそうとの事。今年七月で小学館をやめるそうである。夜、福岡歯科医をつれ阿久津先生のマンションを妻とたずねる。

一月十四日（火）

朝、加登先生来り、血圧を測定するに百七十〜九十もあり。眩暈は風邪のせいかと考えていたが血圧のせいか。そうなれば何時倒れるかもしれぬ。

病身ようやく七十歳近くまでよく保ったの気持なり。

愛の枯れきった美津子と勝呂医師とが愛の真似事の行為をする場面へ。

一月十五日

品川プリンスホテルで例によってOリングテストの対談。ホテルのなかのてんぷら屋で頼近、西野先生、藤本といかいなごたちと食事。

一月十六日（木）

夜、銀座の小料理屋で食事。頼近、西村洋子、そして古木氏。頼近さんがグローバル社の音楽会の仕事をするためなり。

一月十七日

奈良の玉谷（直美）さんから次のような手紙が来た「無意識と付あって行きますと弱くなり、迷いも深くなり、ついには罪と悪の中でのたうち回るという悲劇も起ってきますので逆に光を信じていないと無意識と付きあえるものではないと思います。（無意識のマグマが）噴火すれば先生がやられる、という恐怖感でゾーッとしたのでございます。先生は自分の器以上の主人公は書けないと仰言いましたので大丈夫と思いましたが、アクマがそっと寄りそって来て先生のペンを走らせることもあろうかと存じます。そんな時、多くの人の祈りまでこえてその領域にお入りになればどういうことになるかと私はブルブルふるえております」

玉谷さんのこの忠告はとても貴重だ。私が怖れていることを見ぬいてくれたのである。

一月十八日

眩暈のせいか、どうも小説に身が入らない。最初から別な構想で書き進めようかと思うくらいだ。しかし

①美津子と勝呂医師は旅行団の一人の病気の手当をしたことから貧しい運転手にたのまれて、子供の手術をすることになる。

②美津子はもう一人の自分（愛することのできる自分）に会えるような気がする。マザー・テレサの下で働いている修道女がそのような気がする。彼女はその日本人修道女と会話をする。

一月十九日

一体この小説を書き続ける必然的な理由があるのだろうか。途方に暮れて書斎からベルナノスのＭｏｎｓｉｅｕｒ Ｏｕｉｎｅ（『ウィヌ氏』）をとり出して読みかける。

一月二十日

ジュリアン・グリーンの日記 Ⅰ・Ⅱ
グリーンがどのようにして輪廻を克服したかを知りたい

一月二十三日

安岡からの手紙
「今日は親切な電話を頂いて本当にありがとう。じつはあのとき小生憤激の反動で恥ずかしくて弱っていた最中でした。もうこんなことで二度と貴兄をわずらわさぬよう気をつけます。しかしあの電話で本当に救われました」

一月二十四日

庄野からの葉書
「血圧高いとのことあまり苦にしないで根気よく医師に相談してつき合って下さい
一、夜ぐっすり眠る
二、そのため昼間、努めて歩く（くたびれると自然よく眠れます）小生は昼前と午後と二回合わせて二時間近く歩きます
三、塩気を控え野菜やわかめなどよく食べる、適量の酒は飲む方がいい
四、降圧剤はのむ
以上、参考にして下さい、小生守っています、お大切に」

今日やっと少し小説進んだ。ひょっとしたら（出来不出来は別として）出来あがるかもしれない。かなり力業だけれど。

広石君来る。瘦せたようだ。深刻な顔をして「胃の検査を受けました。細胞をとられました」真面目な男だけにその心痛、非常によくわかる。気の毒でならない。無事であればよいが。

一月二十五日

夜、山の上ホテルにて吉田竜雲氏の弟、高橋（千劔破）、藤田昌司の三氏と『武功夜話』について対談。
眩暈つづいてもう一ヵ月になる。

一月二十六日（夜）

グリーン『ヒューマン・ファクター』の一節
「おれはしばらくの間、彼の神を信じる気持になった。ただし半分ほどだ。カーソンの神を半ば信じたようにだ。どうやら俺という人間は何事につけ、半分しか信じられないように生れついたらしい」

主人公、カースルの言葉は私の小説のなかで積極的な主題になる。

「おれは基督教の神もヒンズーの神も半分信じる気持になった。大事なのは宗教の形ではなく、イエスの愛を他の人間のなかで発見した時だ。イエスはヒンズーのなかにも仏教信者のなかにも無神論のなかにもいる」

一月二十七日

朝方に見た夢

隣家の敷地に象の群を見る。私はそれに不満を感じるが、抗議する気持はない。やがて象の群から一匹、灰色のマンモスが逆の方角に駆けていく。私は妻を促して家にかくれる。家の窓から見おろすと近所の人たちが五、六人姿をみせる。彼等は境界線に柵をこしらえるつもりだ。

一月三十日

朝、東京医科歯科大学に加登先生に伴われて診察に行く。一ヵ月以上の眩暈のため、まず脳のC・Tスキャンをとり、ついでに肝臓を調べてもらう。いつもと違い、女性の検査医である。

そのあと耳鼻科に行き松島先生御紹介の小松崎教授の診断を仰ぐ。「結論を先に言えば」と教授は言う。「たいしたことはありません。治りやすい眩暈です」。聴力検査は六十八歳の年齢にしては非常によいとの事。

安心して加登先生と山の上ホテルに行き、妻をまじえて天ぷらを食べるが、石井君がいた頃にくらべ、味がやや落ちる。石井君は旧文春ビルに店を出したとの事。

一月三十一日（金）

午後より加藤（宗）の車にて頼近君と宮尾登美子さんの芝居を

みる。満席なり。頼近君の姉上が出演しているからである。

終って帝国ホテルに寄り「ゴールデンライオン」にて飦する。ブランディ「クルトワーズ」を一瓶注文する。四万五千円也。

外に出ると雪が舞い始めている。銀座の夜も雪だと味がある。若い頃、銀座の「葡萄屋」などを飲み歩いた頃を思いうかべ、感傷的になる。「グライエ」に寄りママに会い帰る。

二月一日(土)午後より晴

大雪。昨日より全く仕事をせず。

昏暮、ホテルオークラに行き山口統氏令嬢の結婚式に出席する。終って妻と帰宅。門前の雪は凍り、たびたび足を滑らす。孫たちが待っていた。

二月二日　雪　歇む　晴

花房山の仕事場にて、やや仕事。遅々として進まず。

今度の小説『河』が一体、どこに向うのか、どうなるのか私にもまったくわからない。ただ幾つかの山を越えねばならぬことだけは確かだ。

私は来年で七十歳になる。七十歳まで生きられるような頑健な体ではなかった。よく今日まで生きられたと感謝せざるをえない。

二月三日（月）陰

花房山の仕事場にて少し仕事。というより書きなおし。

青春出版社の西村局長、浦野君と共に来り。

夜、頼近君と「寿し兆」に行って飦す。

二月四日（火）

小説を書く途中、私はあるトーンを耳につけるため、屢々、モウリヤックかG・グリーンの小説を読む。

今度もまたグリーンのそれを広げ、そのうまさ、その情感にみちた文体に圧倒される。私のそれは何と乾燥しているだろう。毎月、無数に生産される本、無数に発表される小説を読んで、その空しさを感じるのは私一人だろうか。今日、武田麟太郎を読む者はいない。古典として残るのはただ漱石、荷風、鷗外、三島ぐらいであろう。

文春・森氏、ＰＨＰの福島氏たち来訪。

夜、久しぶりに樹座の役員たちと神田に出て「ぼたん」で鳥鍋を囲む。もう五、六年御無沙汰した店だが店の人が憶えていてくれた。帰路、ホテルオークラの酒場に寄り帰宅。

二月六日

明日より鹿児島に行くので、一日早めに朝日の草稿を作り、夜、古木（謙三）氏、頼近さんと赤坂のサントリービル内にて食事をする。飦してホテルオークラの酒場に寄り一泊する。

二月七日

古木氏の車にて羽田に。既に高野、池田、関さん到着してお
り、加藤も亦来る。九時半の飛行機にて鹿児島着。桜島の噴火白
雲の如し。講演を終えて後、城山観光ホテルにて古木俊雄氏の出
版記念パーティに出席する。鹿児島の名士多く集る。

二月八日

古木氏用意のバスにて桜島を見物。
往時、『火山』執筆の折にここに来り。桜島の気象台長の話を
聞いた時よりも火山の爆発跡はすさまじい。古里まで行きふたた
びフェリイにて市に戻る途中、古木氏の指さすを見れば、昨日白
煙のみなりし火山より湧雲の如き真黒な煙が浮び、忽ちその量は
拡がり空高く拡っていくが、港付近を歩く人々は別に驚く姿もな

い。もはや馴れているのであろう。

加治木近くの山中の山菜を食わせる店に寄り昼餐。それより飛行場に赴き帰京。

東京は霰すさまじく、津田ホールの原田（節）氏のオンドマルトノのコンサートまで駆けつけ、賞状を読みあげパーティに出席して帰宅。さすがに七十歳近き身にはこたえる一日。

二月九日（日）

花房山の仕事場にミサのあと赴き、その後夕景までサンサーンス、チェロ協奏曲一番を聴きながら長篇『河』の執筆。

今日書いたのは人肉をビルマ戦線で食べた男、津田の入院の場面。

言葉やイメージが乏しい。グリーンのうまさが羨しい。

この津田の物語のあと
動物と人間との交流。――動物をイエスの象徴として。

その書き出し
「神は人間の口を通して語りかけると言うが、時として神は鳥や犬や人間がペットとして愛する生きものの口を通しても語りかけるのではないだろうか」

夜、山口医師と「寿し兆」に飦す。

二月十日　陰後晴

夜半、腹痛をおぼえる。風邪のせいか、あるいは昨夜の「寿し兆」の魚のせいか。

二月十二日

南平台に行きドミニカン修院でマルセイユ出身のリベロ神父としばらく話す。

二月十三日（木）

小説、遅々として進まず。イメージの硬化、たどたどしい文章。老齢のせいで活力が文章にない。

救いをグリーンの小説を読むことに求めるが、『愛の終り』でさえ私には面白くない。かつて感嘆したこの作品の小説技術は二人の恋愛場面（タマネギの出てくる場面）以外には感じられず、他は無理矢理、作中人物を動かしているように思える。サラの日記はあきらかに『窄き門』のアリサの日記の模倣である。

二月十五日（土）晴

『情事の終り』の主人公である小説家は二十年以上の間（おそらくこれはグリーンの事だと思うが）一日五百語、一週五日を平均にして仕事をしたと書いている。

「ぼくはいつも極めて規則的で、一日分に達すればたとえシーンの途中でも打切りにする。百語ごとに原稿に印をつける」

私の場合は純文学を書く時、日本語で一日一枚などではとても追いつかない。原稿用紙の裏一枚にギッシリ――大体、千二百字から千六百字ぐらい書くのが普通だった。

それがこの頃はその半分でへとへとである。言葉は粗く、イメージは情感に乏しい。年齢のせいだろうか。情けない限りだ。

夜、頼近君とオークラの「山里」で天ぷらを飦す。

二月十六日（日）晴

朝、ミサ。いつもと違って今朝のミサは母や兄がその秩序にいる神（キリスト）の愛をひしひしと感じた。というより少年時代のあの夙川の教会の思い出が蘇り、私は幸福感に充された。そしてここは生活ではなく人生だと心の底から思った。（毎日土曜まで私が送っているのは生活だ）今後は毎週ミサに来よう。そして人生にふれよう。悦びを感じながらミサの終り、母の好きだった聖歌をきく。

二月十七日（月）

フランスから届いた私の小説『沈黙』の仏訳本。カルマン・レビイ社からずっとずっと昔出版されたものをドノエル社が出したものだ。

それを見ながら、昔、留学の頃、粉雪のなかを（たしかジュルダン病院をぬけだして）ブル・ミッシュの本屋のショーウィンドーに並べられている小説や評論を羨しく眺め、自分がいつか小説家になってその本が仏訳されることを絶望と希望との入りまじった気持で見つめた「哀しい季節」の事を思いだす。

昼食をとるため、私は独りで花房山の仕事場を出て公園のほうに歩く。そして「アローアロー」というレストランの三階で昼食をとりながら、冬の弱い陽の昔、大名屋敷だったという公園を眺める。冬の陽と公園と、そして静かなレストランの雰囲気が私にリヨンの一角を蘇らせる。私はもう七十歳に近くなったのだ。

二月十七日（日付重複）晴

腹腔佳ならず。グリーンの『燃えつきた人間』を読み始める。いかにも壮年、五十代の小説という作品だ。五十代は迷いの多い年齢という意味でだ。ここにはグリーンの人生の、信仰の迷いが叩きこまれている。

私の今度の小説だって同じだ。違うのは七十歳近くになっても私の人生や信仰の迷いは、古い垢のようにとれない。その垢で私は小説を書いているようなものだ。

夜、「遊膳」で仲間たちと食事。歌舞伎の（市川）染五郎君も加わる。

二月十八日（火）晴

私が昼食をとりに寄った「シェシェ」は落ちついた静かな店で、午後一時半、私のほかには外人の女性と一人の男のほか誰もいない。外人の女性は英字新聞をよみながら口を動かしている。網目の窓からは陽のさした歩道がみえる。帰り道、急に珈琲がのみたくなり、喫茶店に寄って一椀の珈琲を喫して仕事場に戻る。

小説、無理矢理に押し進めている感じ。

「わが師」と題して芥川比呂志氏につき五枚を週刊朝日に書く。

二月十九日（水）晴

夜、お茶の水の日仏会館に行き、「日本人の宗教心理」と題してカンフェランスをする。ホールは満員。

終ってパーティ。たくさんの日仏人にとり囲まれて談笑。

二月二十日（木）晴後夜微雨

夜、カザルスホールにて遠山慶子、塩川悠子の音楽会に行く。

モツァルトK三〇四は絶品である。

二月二十一日

午前、原山君来訪。午後、韓国女子大学、大学院生及びその先生、来訪。拙作の研究との事。

昼食は腹腔、佳ならざるをもって、「シェシェ」にて五目そばを餅す。

夜は朝日新聞、深津さんと「寿し兆」に寄る。

二月二十二日（土）

腹痛を感じる。

二月二十三日（日）

グリーンは小説を執筆する際、私に刺激を与えてくれる。かつてそれはモウリヤックだった。

たとえば、

「わたしの心のなかでむずつきはじめた次の物語ほど……わたし

が考えついた物語とは、偶然の暗合が次々と重なる事によって動揺され、圧倒され、うちくだかれ、遂に信じがたきもの――神の存在の可能性――を受け入れるようになるというものだった」

二月二十四日（月）

『燃えつきた人間』はおそらくこの年齢のG・グリーンの心の危機というより、カトリックの読者をあまりに持ちすぎた一小説家の心の重荷を正直に告白したものだろう。その意味でも私はまったく、主人公ケリイの気持に同感しつつ頁をめくっている。読者をあざむき自分をあざむいた主人公ケリイの告白は切実なものがある。

午後より高円宮さまと対談。明治記念館の一室にて。

夜、岩波ホールで「ミシシッピー――マサラ」という映画を見る。印度の娘とアフリカの青年との恋の話。かつて感動した「サラーム、ボンベイ」のミーラ・ナイール監督の作品なので期待して出かけたのだが、前作ほどの名作ではなかった。

二月二十七日（木）

夜、いつもの友人たちと池田サロンに集る。ANAのスチュアーデス二人を贋留学生を使ってからかう。

二月二十八日（金）

昼食をとりに「アローアロー」に行き、春めいた公園の森を見ながら食事をし、一杯の白葡萄酒をゆっくり飲む。飲みながら考えることは、やはり小説のことだけだ。

二月二十九日（土）

山口時子と「ドクター」という映画を見に行く。「寿し兆」で食事。

三月一日（日）

ミサのあと仕事場。

『燃えつきた人間』はケリイが射殺される場面に至って、いささか通俗性を帯びるが仕方あるまい。

リチャード・ケリイはシャルダンの『グレアム・グリーンの世界』によるとこの頃のグリーンはケリイの言葉にそれらしい匂いがする。その匂いを私ほど主人公ケリイの本に感動していたという。なるはジイドの神概念に似ていると思っていたのだが。

私の小説のほうは、やっと雪解けが始まった感じがする。凍結した氷河が少しずつ割れ、流れはじめた。傲慢かもしれぬが、うまくいけば、かなり私の作品のなかでは優れたものになるような気さえしてきた。ただ、年齢の哀しさ、少し書いただけで疲れる。昔は原稿用紙二枚にぎっしり書けたものが、今は一枚半でへとへとだ。

三月三日

シスター三好、シスター竹井、昼食に祐天寺に来る。

夜、校條君、宮辺君と「重よし」に落ちあい、食事後、銀座「アンシャンテ」に赴く。

三月四日（水）

岩波、所氏来訪。

三月五日

「THIS IS 読売」に原稿十枚。

三月六日

心身共に自信を失う。小説についても同様なり。遅々として不進。挫折感しきりなり。

三月七日

彼女はかつて愛した男が神父になり印度にいることを知っている。その男はヒンズーの恰好をした神父で、ヒンズー教徒の病人をガンジス川に浸す手伝いをしている。（この男はやがて深津という名になる）

三月九日（月）快晴

「グローバル舞台芸術賞」に赴き、古木、頼近君と全日空ホテルにて食事。

三月十日

漸一、風邪癒ゆ。
日活芸術学院にて卒業式。

三月十一日

芸術院賞銓衡。

終って向島に行き「大漁」にて河豚を飳して帰る。

マーク・ウィリアムズ氏来訪。

三月十二日

とに角、途切れ途切れだが、新しく登場した元神父の存在が大きくなりつつある。彼は死ぬであろう。しかし誰の手によってか、事故によってか、曖昧。おそらく彼は印度のバラモン人によって殺されるだろう。

G・グリーンの小説作法

①私は政治においても愛においても完璧主義者ではない。書いている時に完璧主義者になろうとつとめる。

②私の目的は自分が作り出すものに満足することにある。その

目的に決して到達しないが、可能な限り、満足できるよう織機で百回も作品を織り直す。

③私の心には自分の経験や他の作家たちの作品で面白い、またはあまり面白くないと思った——純粋に技術的観点からしてだが——実例から生れたさまざまな理論がいつも存在している。

④自分が書いているものが、いいか悪いか、そのうちにわかる。たとえば筋がうまく展開しないことがわかる。これは小説家にとっていちばん厄介なことだ。

⑤私は形容詞で筋の展開を邪魔するという歎かわしい傾向がある。これは動きを鈍らせるからね。やっと筋が展開するような幻想を与えることができても、やはりそれをうまく描くことができないのだよ。

⑥基本的な原則。厳密に必要でない場合に形容詞を避ける。だがもっと重要なのは副詞を避けることだ。ある本を開いて、しかじかの人物が〈元気よく答えた〉とか〈やさしく話した〉などを

見ると私はその本を閉じるね。なぜなら副詞で強調するのではなく、ダイアローグ自体で元気のよさとか、やさしさを表現すべきだからね。

⑦ある場面を——人物たちではなく、街路等々の背景を描く場合、私はそれを静止カメラではなく移動する映写機の目でキャッチする。わたしは仕事をするとき、手に人物たちの動きを追いかけるカメラを持っているように感じる。だから風景のすべてが生き生きするのだ。

彼女は彼を愛した。そして燃えつきた人間になった。
Aは彼を尊敬した。そして洗礼を受けた。
この彼女とAとは共に彼に裏切られる。
フロントで、彼女はAが電話をかけているのをきく。彼の名を耳にして会話が始まる。

三月十八日

広島にて講演。二千三百の席満員。しかし私自身、この街に来るのを避けるものがある。ホテル（ANA）の窓から拡がる広島の街や湾を見ても、ここで多くの市民が苦しんだあの日のことを考え、胸が暗くなる。

三月十九日

やっと彼女が彼と接触する場面を書きはじめた。ジュリアン・グリーンの『モイラ』の一場面が参考になる。

三月二十二日　晴

長崎、『沈黙』のビデオ撮りのため。
長崎は随分変った。妙なもので何回もこの街を舞台にして小説を書いているうち、私のなかの長崎は現実の長崎とは違ったものになってしまった。あまりに情熱を使い果してしまったためか。

三月二十三日

長崎は雨。私の泊ったのは新しくできたプリンスホテルであるが窓から見えるのは殺風景な造船所である。慰めとなるのはかつて二十六聖人が火刑にされた西坂だけだ。

三月二十四日

彼女が愛した彼は私のなかで『おバカさん』のガストンに変容しつつある。

三月二十七日

六十九歳の誕生日。友人たちに赤坂「重箱」で御馳走になる。

三月二十八日（土）

夜、深津さん（朝日）と食事。

三月三十日

大分に行き、津久見にて宗麟について講演。終って津久見市長たちと食事。夜半、大分に戻り東洋ホテルに投宿。

三月三十一日

大阪に飛び、ロイヤルホテルに投宿。宗右衛門町の小料理屋にて食事。安くておいしかったが、それより宗右衛門町や道頓堀がこのように面白いとは思わなかった。

四月一日

京都に赴き、微雨の晴雨の祇園を歩いて桜見物に出かける。夜、嵯峨野の狐狸庵に泊る。

四月二日

亀山まで行き、保津川をくだる。山桜やや咲きかけ。渡月橋附近はさすがに人の群多く刷毛ではいたように嵐山の桜が満開である。

四月三日

狐狸庵にて春の嵯峨をたのしむ。鶯なき、二尊院の境内にて妻と冷し飴を飲む。夜、松本章男夫婦を招き、「三栄」にて食事。都ホテルに投宿。

四月四日（土）

帰京。一週間東京をあけていたことになる。体の節々痛し。

四月八日

加登国手来訪。血液検査。

四月十五日（水）

新宿御苑にて首相招待の観桜会。あまりに多くの人に閉口して妻と退散。

四月十七日（金）

漢方研究会にて。M夫人の厚かましさに閉口。

このところ、小説少しずつ進む。主人公の一人である美津子が動きはじめたのだ。固かった氷塊がやっと割れはじめた感がある。今日は彼女の新婚旅行にとりかかる。

四月十八日

三田文学総会。理事長として三田とパレスホテルに出席。疲労して戻る。

四月十九日(日)

復活祭。妻と教会に行き、仕事場に送ってもらったが腹腔佳ならず、しかも頭痛。午後「一茶庵」に行き一本飲んで漸く一息ついて仕事をはじめる。少しずつ、少しずつ、人物が動く、というより私の無意識が人物に肉や血を与えはじめた。うまくいけばうまくいくかもしれぬという期待がようやくかすかに起る。

四月二十日(月)

素晴らしくよい天気。花房山の仕事場にて、女主人公がランドからリヨンで神学生をたずねる場面にかかる。

少しずつ、少しずつ小説が具体化する。

夕方、阿久津先生をたずね治療。

四月二十一日(火)

朝、トイレで血痰を見る。昨日、阿久津先生に極めて良好といわれ気を好くしたあとなので落胆と失望にかられる。

ひょっとすると鼻血かもしれないし、もう少し経過を見ることにする。

夜、南平台に近い辻静雄氏の家に晩餐に招かれる。かつて味ったことのないほど素敵な晩餐。キャビア、ファグラ、コンソメ、菓子、いずれも完ぺきだ。ただし五千カロリーは必ずあるこの食事は私にとって慎まねばならぬか。今田夫人に送ってもらう。

四月二十二日（水）

やや血痰の量へる。あれは鼻血だったのか。

今日は美津子が深津とソーヌ河のほとりを歩いて会話する場面にかかる。言葉がむき出しにならぬよう注意をせねばならぬ。

四月二十三日（木）

小説、少し難所。

深津に一種の神学論を語らせても読者の興味をひかないだろうという不安を感じながら、とも角、美津子のリヨン滞在部分を書きおえた。

この深津が次第に孤独になり、愛だけに生き……そして最後はテレサの世界に生きてヒンズー教徒に殺される。そしてガンジス河のほとりで同じように焼かれ、河に入れられる。その後に美津子が入るという着想が次第に湧いてきた。

四月二十五日（土）

妻と夜、渋谷に行き「三漁洞」で食事。映画「J・F・K」を見る。妻とこのような土曜日を送るのは久しぶりだが、時々はやりたいと思う。

『福田恆存と戦後の時代』（土屋道雄）を読みつつ、そのなかに美津子の心を端的に現わす言葉をみつける。

「わたしは人を真に愛することができぬ。一度も誰をも愛したことがない。そういう人間がどうしてこの世に自己の存在を主張しうるだろう」

五月一日（金）

霊的リーディングを行うというジョージ某なる米国青年が日本人に連れられて仕事場にくる。そしてリーディングをする。母、兄、伯父、父が出てくる。明樂兄も出てくる。母が死んだ時、迎えに出たのは明樂兄で、正介兄が死んだ時、迎えに出たのは母だったという。信じていいのか、どうかわからない。理解できぬ事や知らぬ人――出てくる筈のない人（昭和天皇）が出てきたからだ。

五月二日（土）

思いがけぬ小説の展開。

美津子は少し背後に退き、深津が前面に出はじめた。

深津は修院を追われ、印度に行き、テレサの影響でヒンズー教徒の病人たちを救う仕事をして、アンタッチャブルの世話をしたために、やがてヒンズー教徒たちによって殺される。

最後の場面
ヒンズー教徒の火葬場で深津は焼かれ、その灰はヒンズー教徒と同じように河に入れられる。河は愛の河、魂の河である。美津子はその中に入浴する。

そういう進展になっていきそうだ。

五月（日付なし）

やっと美津子の同窓会までの草稿を作りあげた。

ヒンズー教徒には上流と不可触とがある。その掟を破ることで深津は殺されるわけだが、ある部分から切迫感を出しておかねばならぬ。深津の死はエルサレム入城のイエスの死の上に重ねねばならぬ。賤しめられ、誤解されて愛のために死んでいく深津。

五月十二日

新潮社、宮辺氏来訪。『王の挽歌』二、三日中に見本ができるとのこと。夜、池田、加藤と共に関さんに焼鳥を御馳走になる。

五月十三日

美津子が木口の看病をする夜の部分を書いている。

「だから技術だとか職人芸だとか言えなかったわけで、わたしが自分で無意識でと信じているものを大いに信用している。時として軽いタッチで魔術が介入してくる。たとえば他の部分が調和するようにさせる要素などがまさしくちょうどいい時に、こちらの知らないうちに姿を現わすのだ」

このグリーンの対談は今日書いた部分に当てはまる。テレーズ・デスケルウや「ガストン」という木口のうわ言がこのような形で役にたつとは、そこを書いている時、考えもしなかったのだから。

五月三十日

朝、豪雨を冒して小松(金沢)に向う。飛行場に加登国手迎えにきてくれる。

彼の車にて「やすけ」にて昼食。さすがにここの寿司はうまい。

雨のなかを福井近くまで行き、久しぶりに一乗谷にて朝倉館のあとを見物。発掘された茶器、茶碗、徳利などを見学する。

金沢にて近江市場に寄り少し酒のさかなを買って、全日空ホテルに戻る。同行した宮辺、校條君たちは兼六公園や武家屋敷を見に行く。

夜は「島」にて食事。はじめてこの店に来た時より少しこりすぎの感じ。そのあと「東」にて踊りと笛。踊りにはほとほと感心をした。

五月三十一日

朝の飛行機にて帰京。花房山の仕事場にて少し眠る。疲労、体内に残る。

小説、停滞。美津子が深津を探しに沼田と街に出る場面。結婚式にまぎれこみ、ハリジャンについて話をきく箇所。どうも図式的だ。

六月一日

夜、（キリスト教芸術センター）月曜会にて「聖書とQ資料」の話をきく。

六月五日

（慶応）幼稚舎で話をする。

六月六日（土）曇後微雨

夜、銀座の近鉄ビル内、「金扇」にて鹿内美津子、西村洋子と食事。西村君の送別会を兼ねて。

六月七日　雨後曇

熊谷医師を朝のテレビのあとたずね胸部レントゲンを撮る。異常なしとのこと。

六月八日

韓国より李さん来る。家内と三人で「重よし」にて食事。

六月九日

小説いよいよ美津子と深津との邂逅。そしてホテルの庭での会話まで入る。深津がエイズにかかった事を暗示。

六月十日

加登先生、診察。血圧九十―百四十。薬の量をましてもこうだ。

六月十一日（木）

宇宙棋院。黒井氏に二勝。

六月十二日

紀伊國屋にて新潮社文芸講演会。「はじめて西洋を知った人たち」。夜、「北海園」にて仲間たちと食事。

今日、悲しむべき事があった。

吉行の様子をきくため、電話をしたところ、マリちゃんが出てきて例の調子で話をしていたが、突然、

「絶対に言わないでよ、遠藤さんだけにうち明けるんだから」

と言い、

「淳ちゃんの肝臓に癌があるの」

と洩らした。驚愕、何と答えてよいかわからなかった。

電話を切ったあと、「吉行が……」と絶句の気持。彼にはどこか好運なところがあるから、ヘマをうまく切りぬけ、案外長生きするのではないか、と考えていたのだ。

みんな病気になる。老いと片付ければそれまでだがやはり辛い。悲しい。

六月十三日（土）曇

小説、深津に視点をかえて、少し深味が出た。

しかし小説的エネルギイがない。これでは飽きられる。

白人の学者（三十歳ぐらい）を入れることを考える。彼は転生を研究している。ベナレスに過去を記憶している子供のいることを聞き調査に来るのだ。

マリちゃん曰く、

「淳ちゃんがもし死を覚悟して名作を書く人なら私、癌だと言うけど、あの人は遠藤が羨しい、あいつは書くことが好きなんだ。俺は書くことが辛くてたまらないと言うの。だから癌だとは言えない」

「わたし女優だけど今度の芝居は辛いわ」

「わたし、あの人と一緒に住んだ責任があるの。最後まで頑張るわ」

六月十四日（日）

朝、ミサに行く。祭壇の上に母、兄たちが見えるような気がする。

花房山の仕事場に行って仕事開始。

今日は深津が朝早く町に行き、死にかけた老婆を背負って歩く場面を書いた。こういう場面に来ると私の筆はなめらかになる。やはり白人の男は出したほうがよい。彼は白血病か、エイズである。死を間近にした彼はスティブンソンの本によって転生の考えをたしかめるためにベナレスに来たのだ。

(この白人は磯辺に変る)

探求は失敗し、彼は迷う。美津子は彼に体を与えてやる。愛していたからではない。「愛のまねごと」のためである。

夜、嫁や孫を連れて「シェシェ」に食事に出かける。

六月十五日（月）曇

吉行より手紙がくる。その写し。

「入院係の不手際もあって長くなってしまったけれど、二十日すぎには退院の見込。漢方は病院から余りにポピュラーな小柴胡湯が出ています。小生目下のところ現在の方針通りにしようとおもっています。大兄推奨の漢方はそのうち御紹介願うかもしれません。

話は変るが大作執筆中という文章を読み感嘆しています、頑張ってください。


吉行淳之介」

今日は一日、疲労甚しく、小説にもほとんど手をつけなかった。というより、白人の男を日記体にするか（もしくは手記）それとも彼として書くか、迷っているためだ。一応、手記として書き、再稿でそれを再考してみよう。（白人の男は磯辺になった）

六月十六日（火）

梅雨なのに快晴。

午後、桜町病院の職員たちを笹川財団につれていく。

「わたしは死んだらどこに行くの」

と彼女は言った。

「死んでも必ず会えるわ。生れ変って、またあなたを見るつもりだわ」

書き出しは、右のようにテーマに直接ふれること。

壮年の男。磯辺。それを確認に印度にやってくる。

六月二十二日（月）快晴
梅雨かと信じられぬほど快晴。

最初の書き出しがやっと決まる。

「わたし必ず生れかわるわ。場所は何処かわからないけど……あなたの生きている間、この世界の何処かに、必ず生れてくるから」

「そうか」

磯辺は妻の手を握りしめながら強くうなずいた（以下略）

この書き出しで読者を一挙につかむ事ができる。この書き出しで、この小説に叙情的な甘美さを与えることができる。

六月二十三日（雨）

霧雨の一日。花房山の仕事場も暗く、仕事は固い氷塊にぶつかる。それを力ずくで穴をあけている感じ。

病気の妻と美津子とが出会う場面。そして病気の妻が次第にドリーム・テレパシイや幽体離脱を体験する場面。それが作為的でなく読者に感じさせるには平俗な日常を挿入して、アンダンテで書かねばならぬ。

初稿を整理してみる。

七月七日　暑し

ホテルオータニにて日ポ（日本ポルトガル）実行委員会、及び記者会見。副委員長として出席。

七月八日(水)晴　暑し

朝、TBSの人、来訪。

小説、ようやくchapⅠ及びⅡを書きあぐ。chapⅠが磯辺のcaseならば、chapⅢは美津子のcaseということになるだろう。どうやら目鼻がついたというだけで勝負はこれからだ。しかし氷塊にぶつかる事、数度。実に難儀だった。

◎美津子が磯辺を誘惑する場面を考える。磯辺の純愛がためされる場面である。

女神カーリーの生けにえとしての磯辺。

七月九日(木)

腹腔、佳ならず、小説を書く気力なし。

午後、オータニにてポルトガル在住だった日埜氏と対談。終って曙碁所にて黒井氏と対局、二敗。

七月十日

やはり磯辺を小説に入れて良かった。これで美津子の章とつなぐとかなり迫力ができた。読者もついてくるだろう。

グリーンの小説を読んでうまいと思うのは、日常生活の巧みな織りこみ方である。ウイスキー、食事、飼犬、そういうものの使い方。再稿ではそれを補足しよう。

初稿を整理。美津子の章以後、印度についてからがまずい。書きなおさねばならぬ。

七月十三日（月）

夕方。ロシヤ国際放送のため五反田に行きテレビ録画をする。私の小説がペレストロイカ以後のロシヤで読者をえていることを初めて知った。『沈黙』や『侍』も翻訳されているそうだ。

七月十四日（火）

都ホテルでTBSの録画。そのあと池田さんの会社に行き、（山崎）陽子ちゃんの樹座台本の説明をきき、皆で「岡田」という焼鳥屋に行って食事。岡田は龍之介に教えてもらった店なり。

七月十五日（水）

小説、やっとベナレスにバスが近づく場面に入る。

七月十六日（木）

今日はやっとホテル・ド・パリの庭で磯辺と美津子が話しあう場面を書いた。なんだか希望が持ててきた。ひょっとすると……ひょっとすると。

とに角、今度の小説を書いている時が今の私の毎日で一番充実しているのだ。一日の小説予定分を終了すると私の残骸がテレビをみたり、本を読んだり、酒を飲んだりしている。

吉行と電話
「あいつは俺を癌ではないかと医者にしつこく聞いたが」と彼言葉を濁す。その濁し方に不安がまじっている。彼もうすうす気づいているのではないか。
この日記を読みかえしてみると、はじめのプランがまるで流れるに従って方向をさまざまに変え、迂余曲折しているのがよくわかる。小説が出来るまではこういうものだ。結局、無意識が書かせているのだ。
沼田は犀鳥や九官鳥の生れた故郷をたずねて行くべきだ。そして彼等が生きていた青空を見るべきだ。

七月十七日（金）

この小説には印度の魔的な部分がない事に気づいた。
たまたま上原和と平山郁夫の対談を読んでいたら、
「昼なお暗い森、その樹が生き物と同じように気根で呼吸するでしょ。暗くて、じっとりとした息づかいがある淫靡な感じがとっても強くなる。旺盛な生命力がみなぎっている。そこで精霊神ヤクン――のような女神がイメージされる場合でも性的な表現が非常に多くある」

「ヒンドゥーの石造りの寺院のなかに内部は真暗でその真暗な空間にヒンドゥーの神々が息づいている。その中にリンがむなしく安置してある」

「陽が全くささない厚い石の壁の中に、外気を遮断した中にこれでもか、これでもかと彫刻した像がたくさん置かれている」

「じつに濃密なんです。厚い石の壁に閉ざされた暗闇の中でヴィシュヌ神とかシヴァ神といったヒンドゥーの神々が原色の赤や黄色で彩色されている」

七月十八日（土）

深津純子と「重よし」に飦す。帰途、二人で祐天寺の祭を見物する。

七月十九日（日）

仕事場。蟻の這うように仕事。

七月二十日（月）

芸術センターにて、松村（禎三）氏の『沈黙』オペラの腹案をきく。来年十一月に日生劇場三十周年記念公演とのこと。抒情的な部分が多い。

七月二十一日

第四章は起伏がないので江波がヒンズー教の寺にて美津子に性欲を感じる場面を入れる。印度のもつ湿った暗い世界をそこで出そうとする。

寺院のなか（ねっとりした雰囲気）

ガンジス河（ここに沼田の場合を入れる）

サルサナート（入れるかどうかわからない）

七月二十二日

ほとんど強引と言える筆の進め方で女神チャームンダーの場面を書いたが（これはやがてガンジー夫人の暗殺場面と照応さすためだ）、江波の台詞は最後が良かった。

しかし、この小説には甘い、抒情的な部分が不足している。幸福だった木口とその妻をもっと書かねばならぬ。

七月二十三日　暑

碁、皆川を破り棋聖となる。

七月二十五日　暑

ユージン兄妹、大竹周作を招いて自宅で夕食を一緒にする。

七月二十六日　暑さ甚し

砂漠を歩く如く、小説を歩く。目的地まであとどのくらいか、ほとんどわからない。

①木口が礼として肉の話をする
②磯辺の探し求める
③三條のウカツな行為(カメラ入賞のため)
④ガンジー夫人の死

七月二十七日　晴　暑さ甚し

正直いうと、書き足しのあと既に書いたものを読みかえし、この小説は一体、何処に向うのか、皆目わからなくなってきた。花房山の仕事場で私は『万華鏡』の原稿を書き終ってから、不意に次の場面を思いうかべた。

傷ついた深津につき添いながら美津子は言う。

「バカね、あなたはバカだわ。どうして、こんな事になるのよ」

「たまねぎのためだよ。ぼくは、たまねぎの真似をしたかったんだ」

磯辺もその二人についてくる。彼は深津に言われた言葉を思いだす。

深津は言う。「ぼくは、奥さまは転生なさったと思います」

磯辺「どこに」

深津「あなたの魂のなかに。あなたの心の奥の奥に彼女はふたたび生きて、息づいておられます。あなたはそれを御存知の筈です。それでなければ奥さまはあなたの心のなかからとっくに消えていた、と思います」

美津子「深津さんの信じる、たまねぎも」

深津「ぼくは転生も復活も区別しません。同じものだと思います。たまねぎはぼくの心のなかでふたたび生きて、ぼくの人生をこのようなものにしてしまいました。彼はぼくのなかで確かに生きました」

小説はその方向、暗中模索の後、そちらに行きそうだ。

七月三十日

気も狂わんばかりの暑さ。そのため昨夜、よく眠れず、花房山の仕事場に来ても半覚半睡の状態で机に向っている。とに角、磯辺が妻の再生したと聞いた村までタクシーで出かける場面に突入した。

この日記を読みかえしてみると、固い壁にぶつかるたび、それを乗りこえるのは私の無意識から浮びあがってくるストーリーであるが、そのストーリーには長い間の私の小説の型があるような気がしてならない。その型がひょっとすると私の人生観、人間観なのかもしれぬ。

八月一日

木口の言葉（ガンジス河で美津子に）
「私は転生を信じますよ。私の戦友でビルマの戦線で人間の肉を食うた戦友がいた。その男はそのことに随分、苦しんでいたが、それを忘れるため酒を飲みすぎ、血を吐いて入院したのです。その時、ヴォランティアでガストンという外人がいて、彼もまた肉を食べたと言っていました。愛の肉です。二人とも人間の肉を口にしながら。それは転生したんです。わしにはよく言えんがね」
何という苦しい作業だろう。小説を完成させることは、広大な、余りに広大な石だらけの土地を掘り、耕し、耕作地にする努力。主よ、私は疲れました。もう七十歳に近いのです。七十歳の身にはこんな小説はあまりに辛い労働です。しかし完成させねばならぬ。マザー・テレサが私に書いてくれた。God bless you through your writing

八月十日

第一日
①美津子、ガンジス河に深津を探すがいない
②教会に行く
　結婚式に行く、サリーを買う
二日目
③深津と淫売屋で会う
④深津と庭で話する。磯辺、深津、美津子
三日朝
⑤ガンジー首相の暗殺
⑥ガンジスを見ながらの木口と美津子
⑦深津　騒動に巻きこまれる、三條の愚行

『権力と栄光』を再読しはじめる。何とうまい小説だろう。自分の小説にリズムのない事が嫌になる。

八月十一日

ヴァン（ゲッセル）一家と夜、都ホテルで食事。二ヵ月の滞在を終えて彼等は帰国する。

八月十二日

妻と目黒映画で映画を見ながら、ふと気づいた事。

磯辺の底の浅さを埋めるために彼に浮気の出来事があり、それを妻に知られる場面を加えること。

それは弟子たちのイエスの裏切りに重なるから。

イエスの復活（妻の再生）――弟子の裏切り（磯辺の裏切り）

八月十三日

仕事場で昼食をとっている時、妙な女の子から電話があった。

芥川龍之介の熱烈なファンで、週一度墓参りは欠かさぬとの事。話をしているうちに自分の職業をうちあける。

その直後、今度は狂女らしき女から長々と電話あり。

八月十五日（土）

暑さに耐えかね朝五時起床。妻と軽井沢の山荘に赴く。関越も盆のあとのため、さしたる混雑もなく、横川の手前にやや車の行列はあったが、快晴快適の軽井沢につく。

中軽井沢をのぼり星野温泉を曲って大谷家の近くを通過中、向うより異様な怪人来る。見れば北杜夫なり。

「女房、手術後、熱を出し寝ております。昨日私は十年ぶりに車を運転し、ぶつけました。それで女房が鍵をかくしましたので歩いております。今年の夏は仕事。健康ですな」と一気にまくしたて、またスタスタと歩いていく。

「胡桃の家」と名づけた別荘到着。やや疲労感はあるが爽やか

で、ここで小説をどうしても完成せねばならぬ。（ただし初稿）

八月十六日（日）

深津と美津子との対話。ホテルの庭で。
活力がない。
夜に至りて腹腔、佳ならず。発熱気味。

八月十七日（月）

一日、病床にあり。足痛く、腹痛み、本日は机に向う気力もなかった。僅かにサンケイの原稿四枚を書いたのみ。

八月十七日（日付重複）

磯辺がガンジス川（月光に照らされた）を見て妻を思う場面を考える。ここはこの小説のなかでも最も美しい場面でなければならない。

八月十八日　曇

やはり磯辺を河に一人で坐らせたほうが転調という意味でもよかったようだ。だが言葉がきたない。『沈黙』の時のリズムがない。

今日は晩秋のような涼しさ。涼しいというより寒いくらいだ。美津子と深津との会話を補充する。転生──復活の会話。それを磯辺の思いに投影さす。

この小説が私の代表作になるかどうか、自信が薄くなってきた。しかし、この小説のなかには私の大部分が挿入されていることは確かだ。

八月二十日　曇

肌寒い。東京は猛暑というのに、ここは晩秋のよう。

小説、いよいよ最後の章に入る。沼田は単独で行為をさせ、木口と美津子がガンジス河の朝を訪れる場面を書く。

夜、中軽井沢の小料理屋で北夫婦、矢代（静一）夫婦、中村真一郎さん夫婦、谷田（昌平）夫婦と会食。

北はやおら本をとり出し、線を引きながら読みはじめる。そして時々「貴美子」と夫人を怒鳴りつける。中村さんは「ぼくは心臓が痛い、ニトロを首にぶらさげているから、もしこの場所で倒れたら、ニトロを飲ませてください」とおっしゃる。

しかし食事が進むにつれ、元気になられ、ユングの話、夢の話、そして自分にはマルキシズムの影響のあることを夢中になってお話しになる。愉快にして滑稽な夜。十時頃散会。

八月二十一日（金）

谷田君来り、碁をうつ。二勝一敗。

八月二十三日（日）晴、夜、豪雨

美津子と木口との会話を書きなおす。

沼田が森に行く場面。書いていて、そらぞらしくなる。やはり、彼女をガンジス河に入れねばなるまい。両方とも言葉の勝負だ。感動は表現力によって決まる。『沈黙』の踏絵を踏む場面のようにいかぬものか。

八月二十五日

三條が写真機を持ってガンジス河に赴く場面。少し間のぬけた調子で書く。それまでの場面があまりに暗く重いからだ。リズムを構成に与えること。

昨日もそうだが、一仕事を終えてサロンで一杯飲んでいると沛然として夕立が来る。雷鳴烈し。

美津子が河で祈る言葉

「これは本気の祈りではありません。真似事の祈りです。わたくしの真似事の愛と同じように真似事の祈りにしかすぎません。でも……わたくしはこの町に来て、やっとわたくしが過去多くの過ちを通して、何を求めていたのか、少しだけ、わかりかけてきました。それはあなたです。でもわたくしにはあなたが何処におられるのか、何処に行けば会えるのか、わかっていない。磯辺さんが何処に行っても亡くなった奥さまに会えなかったように、わたくしはまだ、あなたに会っていません。それでも真似事の祈りをする気になれました。それは、これほどの人たちが、この大きな河のなかでそれぞれの辛さ、それぞれの悲しみを背負って、あなたに祈らざるをえないからです。人間の河の悲しみ。そのなかにわたくしもまじっています。わたくしはこれらの人たちと一緒です」

八月二十六日(水)

私の別荘は書物も画集も充分揃えてあるし、音楽も聞こうと思えば聞けるようになっている。にもかかわらず帰京したい気持が絶えず心にあるのは、私が結局は東京が好きだからだろうか。

書棚からルオーの画集をひきずり出し、頁をめくっていたら、思いがけなく、昔書いた私のルオー論が出てきた。イザヤ書の次の言葉をそのなかで引用してあった。

彼はみにくく威厳もない。みじめで、みすぼらしい
人々は彼をさげすみ、見捨てた
忌み嫌われる者のように、彼は手で顔を覆って人々に侮られる
まこと彼は我々の病を負い
我々の悲しみを担った

この詩篇の言葉が、今の私の小説の主題であることは言うまでもない。

八月二十八日（金）

妻、一足先に帰京。池田君、佐藤佳子来る。
「大ます」にて食事。庭に狸三匹出る。

八月二十九日（土）

NHK、道傳君来る。「大ます」にて食事。
庭に狸出る。家のなかに入り荒らす。

八月三十日

白根山にドライブ。
夜、三井の森の「セリール」にて食事。夜半、帰京。

九月一日

すさまじい残暑。山積した郵便物の整理。

九月二日

風邪、一向に良くならず。

仕事また行きづまり。活力がないのだ。

九月七日

稲井（勲）君の「素顔の遠藤周作展」を見に行く。そのあとホテルオータニにて友人たちと食事。

九月八日

初稿、やっと書きあげる。深津の死で幕をおろす。自分でも少しだけ、いい作品になったような気がする。

これから初稿をねるのだ。おいしく、文章をなめらかにしよう。文章だ。

荒削りのまま初稿を終えたが老齢の身で純文学の長篇は正直へ

とへとになった。固い氷塊にぶつかり、難儀したことは何度もあった。力わざでそこを押し切ったため、文章に命が通っていない部分も多々あるだろう。『沈黙』のように酔わせない。『侍』のように重厚になっていない。

季節はすさまじい残暑のあと、やっと秋の冷しさが訪れた。仕事場から見える陽の光も柔らかい。

九月十日

初稿の最初を塩津にワープロで清書してもらいながら読みかえす。思っていた以上に読者をひきこむような気がした。しかしこの創作日記を再読してみると、(六月二十二日)この磯辺の部分は最初思いついておらず、無意識が私に教えてくれたものなのだ。

九月十六日

九月十七日

近くのダンス教習所に行く。足の運動のため。

角川、大和氏、編集部の人たちと来る。「恐怖文学大賞」の審査委員になれとの話。

ダンス。夜、碁。

小説、訂正にかかる。少しは良くなったかもしれぬ。この間の暑さが嘘のようで、秋冷が身にしみ、街路樹で虫が鳴いている。

九月二十四日

加登先生より電話あり。腎臓の数値に異常あるため、採血をふたたび行いたいと。万病一身に集り、余命の少きを感じる。

九月二十五日

夜、上智にて講演。

九月二十六日（土）

尿中に蛋白を検出する。気重し。疲労甚し。

十月二日

朝日、黛氏来る。再来年の朝刊、小説を頼まれる。

十月六日

軽井沢プリンスホテルにて講演。妻と万平ホテルに泊る。病体を思い、折角の軽井沢も楽しからず。

十月七日

新潮社、校條氏来る。来年の連載の話。

十月十一日

十月十五日

兵庫県相生市にて講演。疲労困憊して帰京。

十月十六日

東京弁護士会館にて講演。どうやらこれにて月末からの入院費を作れた。

小説の手なおし。私は少しずつ自信を失ってきたような気さえする。PETER・OWENを出版社にして果して得だったのだろうか。昨日来たマークの話だとピーターは英国に小売を持つことが少いと言うし。私が想像していたよりヨーロッパに読者数は少いのかもしれない。

みじめな一日。

十月十七日　晴

みじめな気持のまま、仕事場に行かず、在宅して本を読んでいる。井上（洋治）神父の『余白の旅』を再読して、彼がどんなに仏蘭西で辛かったか、おのれの留学生活の惨めさと重ねあわす。夜、彼に電話をしてみる。彼の声をきき、かすかに慰められる。井上の眼はあと五、六年もつらしい。

十月十七日（日付重複）　曇

老年の辛さは足音もなくやってくる。私の腎臓はどうなるのだろう。自分の悲惨な老年をあれこれ想像して仕方がない。仕事場に行き、大津の手紙の部分の手直し。この小説ではとても大事な部分だが、日本の文壇は無視するだろう。

十月二十一日

孫の誕生祝。谷先生のところへ行き血圧を計る。百七十―九十。自分の死がいよいよ近づいている事を思う。どういう状態で、どういう苦しさで死ぬかを想像する。人々は私の体を見たら、よくこの体で働いた、と思うだろう。頑張ったことは確かだ。夜、加登先生来る。私は彼の言葉がほとんど信じられなくなった。

十月二十二日

毎日みじめでならない。一身多病を背負い、人生のなかで壁にぶつかり、七十歳という老齢では情けない事おびただしい。こういう心理では恰好のいい人生を送ることができないのはよくわかるのだが、生れつきの弱さで如何ともしがたい。自分でも醜いと思う。

妻、一日外出。今日が最後の邦楽の舞台という。彼女の人生にも巻きぞえをくらわせて可哀相でならない。私が丈夫だったら妻はもっと楽な人生を送れたろうに。

十月二十三日

いよいよ明日から入院だ。

十月二十四日

午後、入院。記念病棟の五階の病室。暗澹たり。

十一月一日

このような年になろうとは夢にも思わなかった。運命として受忍せねばならない。そのなかからプラスをつかむのだ。そのプラスが何であるかは私にはわからないが。おそらく透析という結果がいつか来るだろう。

十一月（日付なし）

眼科に行き、検査を受ける。眼底出血をしていると聞き驚愕。

糖尿はよいと思っていたのに実は人知れず進んでいたのだ。悲惨なる晩年になるような気がして、夜、心暗澹。

十二月七日（土）

谷医院に行く。自分の晩年が盲目になるやもしれぬとは考えもしなかった。人生の最終末が悲惨な結果で幕をとじるとは考えもしなかった。

十二月八日（日）

一日、在宅。

十二月九日（月）

仕事場にて、少し仕事。憂欝な気持を『深い河』の草稿を訂正することで忘れたいのである。「河」という題が「深い河」という題に変ったのは黒人霊歌の「深い河」を昨日聞いて、それこそこの小説の題をあらわしていると思った。作品中にこの霊歌を暗示する一節を入れたい。

加登先生、電話。すっかり逃げ腰である。狡い。しかし恨んでも仕方のない話だ。

（十行余白）

十一月（日付なし）

安岡より親切な見舞状とマリアさまを夫人が持ってきてくださる。友情に感謝。

十一月（日付なし）

近藤啓太郎と電話にて会話。

「もう長く生きていたくない」と彼はこぼす。「朝、眼をさますと、今日亦一日生きるのかとイヤになる」

同感だ。

十一月十八日

安岡、心配して電話をくれる。吉行も良くないらしい。

十一月十九日

加登先生来て、I・Fの注射。時ちゃん病室に不在ゆえ、びっくりして電話をすると驚くべきことに父上が亡くなられたと泣きながら言う。

平成五年　病状日記（腎臓手術）

五月二十一日（金）（ここより口述筆記）

順天堂大学病院に入院。病棟は新館三階三一二号。窓からは同じ病棟と駐車場がみえている。北里などとは大違い。

五月二十二日（土）

一時帰宅。いよいよ手術まで一日と思うと決して愉快ではない。

五月二十四日（月）

手術前の諸検査。肺、心臓、止血、レントゲン。腹膜透析は骨を弱らせるので掌の骨を調べておくそうだ。一日中憂鬱な気分。夜、イソジン風呂に入り、手術場所等、腹部の剃毛をする。

五月二十五日（火）

今まで五回にわたって手術を受けたが、今日の手術ほど痛く、辛く、堪えられぬものはなかった。途中でこのまま殺してほしいと何度も思った。痛み、激痛起り、唇も舌もカラカラに乾き、一秒でも早く手術が終ることばかり念じつつ、二時間半を堪えに堪えた。四、五十歳ならばとも角、七十の体には余りに辛い一日だった。病室に戻っても腹部の痛みつよく、虫の息の状態で、家内の献身的な看護がなければとても持ちきれなかったに違いない。夜中も家内がそばにつきっきりで、手足をさすってくれたが、発熱七度四分、鎮痛剤の注射三回、それでも苦痛に満ちた一晩だった。深夜二度ほど救急車が病院に入る音をきいたし、実験用の犬がないているのを耳にしたら、伝研病院の最初の夜とそっくりである。痛みをまぎらわすため、『深い河』の一節を思い出し、あそこはこう書くべきだったなどと考えるのも小説家の性であり、今のぞむのはあの小説の出来上りだ。早く表紙をなでてみたい。この小説のために文字通り骨身をけずり、今日の痛みをしのがねばならなかったのか。女房はほとんど眠っていないという。おたがい十日ぐらいするとどっと疲れが出るのではないか、そういう心配がある。

日付不明、曜日の記載のないものはそのままにしました。また、括弧内に小文字で記したものは「三田文学」編集部による〝註〟、太字になっているものは原文中、赤ペンで書き込まれた箇所です。

宗教の根本にあるもの

宗教は思想にあらず

宗教とは何か、ということですが、私は、宗教は思想じゃないと思っている。たとえば、マルキシズムを信じるのと同じように、宗教を信じるということはあり得ない。宗教とは何かというと、無意識だというのが私の第一の定義なんです。

つまり、意識にあるものが思想になったり観念になったりするわけで、「おれはマルキストだ」とか、「おれの信条はこうだ」という思想を多くの人は持っているけれども、そうした思想は、無意識とは関係ない。

たとえば、われわれの先輩に正宗白鳥という小説家がいて、この人は若いころにキリスト教の洗礼を受けた。けれども、それが嫌になって捨ててしまった。ところが、年を取って亡くなるときに、「アーメン」と言って死んだのです。

そこで、正宗白鳥が死の床で「アーメン」と言ったのは、もう一度キリスト教徒になったのか、それともそうでないのかということを、文壇ではかんかんがくがく議論したわけです。

そのことに関して、山本健吉氏は、

「こういう問題は、たとえばマルキストかマルキストでなかったかというような捉え方では論じられない。意識の底にあるものが、そのとき正宗白鳥に出たのだ。それがアーメンという言葉になったのだ」

ということを書いています。私は、それは至言だと思います。

次に、宗教の定義というのは、いろいろな人がいろいろな形でやるから千差万別だろうけれども、宗教と宗教性とは違います。「宗教は無意識である」ということは、たとえば、頭を丸めて坊さんになるとか、洗礼を受けてキリスト教徒になるとか、ある教団やグループに属することとは関係がない――、それ以前のことだという意味で私は言うわけです。

たとえば、このごろ世間を騒がせている統一教会には、いろんな規約や規則があるけれども、それに所属するということは、信徒になることであり、本人の考え方や思想によるものです。しかし、私が言いたいのは、そういうどこかの教団に属する以前に、人間の無意識の中にある、「自分を生かしてくれるもの」に対する気持ちがあるということです。

目に見えない力

われわれが生きるには二つしか道がないと思う。自力と他力。勇気ある人には、自力で自分のやりたいことを頑張ってやって、そして死ねば本望だという気持ちがある。若い人の場合、実際にそういう、自分が生きているんだという気持ちを持っている人は少なくない。ところが、そうではなくて、年をとるにつれて、自分が生きたんだというのではなくて、何か目に見えないものに生かされているという気持ちになってくる人もいるわけです。

私の場合で言えば、

「おれがこの小説を書いているんだ」

という気持ちは、もちろん小説を書いているときにはある。しかし、小説家は多く経験すると思うけれども、だれかが手をとって書かせてくれているという気持ちになる何ページかがある。

そのことについてはいろんな人が論じていて、たとえばそれは、目に見えないものが協力しているんだとか、あるいは意識が書かせているのではなくて、無意識が書かせているのだとか、いろいろ言われている。たしかに自分の意思で、意図どおりに書いているのではなくて、だれかが一緒に、私なら私の手を持って書かせてくれている箇所があって、それがそのページのクライマックスであったり、そのページの読みどころであったりするという経験は、本気で小説を書いているものにとっては、あるのです。

生きている場合も、自分の意思ですべて生きていると若いころはそういう気持ちでいるけれども、ある年齢を過ぎると、

「いや、そうでもないぞ。何か、だれかが後ろから後押し（あとおし）してく

れているんだ」

と感じるような経験をすることがある。目に見えない力が後ろから押してくれて、本来、右に行こうと思っていたにもかかわらず、その力によって別の方向へ導かれたりという、自力ではなく他力を底に感ずる経験をしばしばやるようになると、自分が生きているんだけれども、自分を包んでいる、自分を生かしている、大きな目に見えない働きを感じるようになるわけです。

私たちは若いころ、神様の存在についての議論をよくやりました。やれ、パスカルはこう言っているとか、やれ、カントの『純粋理性批判』にはこう書いてあるとか、あるいはスコラ哲学の神の存在の証明なんてのは――、とかやっていたけれども、神というのは存在ではなく、働きだと思った方がわかりやすい。

ある年齢になって人生を振り返ってみると、目に見えない何かの働きがあって自分がこういう方向に進んだとか、あの人に出会ったとか、そういうことを感じる時があるものです。

「自分の力だけではない、あのおかげで」

とか、

「だれか目に見えないものが後ろからそっと押してくれている」

ということを——。

それを深層心理学者たちは、すべて無意識という言葉で片づけている。しかし、それだけでしょうか。

たしかに、無意識の力は非常にあるけれども、それだけではなく、何か無意識を超えた別の力があって、後押しをしてくれたり、自分の人生をある方向へ歩ませてくれたりしているんだと、私個人は思っている。そういうことを感じるのを、私は宗教性と言うわけです。

それを、いわゆる合理主義で、

「いや、そんな後押ししてくれるものはないよ」

と言うのなら、

「ああ、そうですか」

ということになる。しかし、

「いや、合理性だけでなく、実際にそういう目に見えない働きを、小説を書いているときも、あるいは生きているときも何度か味わいました」

というものにとっては、その働きとは一体何だろうという疑問や見方が生じてくると思う。

その場合、一番合理主義的な解釈は、深層心理学を頼って、それは無意識だとする考え方です。だから、さっき、宗教性というのは無意識だと言ったわけです。もちろん、これはまだ教団なんかには属さない時期のことで、人間の心の原点の中にあるものとして、

「それは無意識の力です。無意識の働きです。われわれはそれを神と呼んだりするのです」

という言い方はできる。

しかし、そのときに、

「待てよ。その無意識というのはやみくもに働くのではなくて、そういうふうに後押しをしてくるときには、悪い方向ではなくて、より高い方向に押してくれる。たとえば小説がよくなる方向にとか、自分の人生がそれによって充実するような方向に持っていってくれたのではないか」

ということを考えるか考えないかによって態度が決まってくる。

病気にしても、日本の場合だったら不幸だというとらえ方をするでしょう。日本にはそういうマイナスのイメージしかない。たしかに病気で寝ていると、苦しいことや、つらい思いをしなければならないけれども、その苦しいことや、つらい思いのために、普通なら考えなかった人生を考えるというプラス面が、病気の中にはある。日本では絶対こういう考え方はしないけれども。

要するに、そのプラス面とはどういうことかというと、私たちがふだん生活の中では聞くことのできない、目に見えないもののささやき、目に見えないものの声を聞くチャンスが、たとえば病気だったり、不幸だったり、子供との死別とか、親との死別といった形をとるわけです。

目に見えないものが何かを通してささやいてくる。私の小説に『沈黙』というのがあるけれども、それは直接体で話してくるのではなくて、ある行為や、その人の人生の中のできごとを通して語ってくる。それを私は宗教性と言うわけです。

宗教は環境によって左右される

したがって、宗教だと普通に考えているものには、イスラム教があったり、キリスト教があったり、仏教があったりして、それぞれの中に教義があったりするけれども、それは宗教団体であって、宗教性とは異なると私は思う。なぜかというと、いろんな宗教団体の底には共通したものがあると思うけれども、われわれがそれを選択する場合には、その共通面ではなくて、別の面から選択するからです。

つまり、宗教性を持っている人間が何かの宗教を選ぶときには、たとえば、たまたまインド人に生まれていると、自分の心の奥にある考え方、感じ方を満たしてくれるものはヒンドゥー教であると考える。というのは、周りにはヒンドゥー教しかないから。あるいは、イランやイラクになると、イスラム教だと。そういう差別、区別は、その人の生まれ育った環境、民族、言語によってほとんど選択されると思う。

だから、ヨーロッパの人間がイスラム教徒になるとか、アメリカ人が仏教徒になるというのは、よくよくの理由が何かあるからだ。もっとも、アメリカでは最近、仏教徒がふえたけれども、ヨーロッパ系の場合は、普通はキリスト教徒になる。

その差別は、民族、伝統、環境、言語によって左右され、本質的な区別ではないと思う。

イスラム教とキリスト教とか、イスラム教とヒンドゥー教とか、あるいはヒンドゥー教と仏教との間に、本質的な差、根底における差は私はないと思っているのです。しかし、差のある方に目を向けると、集団ができるし、集団はやはり対立する。

キリスト教が犯した最大の過ちは何かというと、たとえば十字軍を起こして自分たちの〝宗教〟とは異なる者を異端として、攻めたりしたことだ。あのころはあれが正しいと思ってやったのだろうけれども、現在においては、キリスト教徒たちが、自分たちの犯した大きな過ちだという考えをしている。

インドについては、もうほとんど仏教徒が少ないですね。少ないがいる。それはカーストという階級制のために、ヒンドゥー教を捨てて仏教に行く。ヒンドゥー教にいると、階級の中で虐げられるから、アンタッチャブルといわれる一番下の階級にいる人たちは、階級から逃げるために仏教徒になる。

いわゆる〝宗教〟は、そういう環境によって左右されたりする。われわれが神道の信徒であったり仏教徒であったりするのも、日本人に生まれて周りに寺があったり神社があるからであって、自分の意思によってではないんですね。

あるいは、キリスト教にしたって、われわれは「キリスト教」と一括して言うけれども、イギリスに生まれたらカトリックになる人は少ない。イギリス国教会です。フランス人だったら、プロテスタントよりカトリックになる。北欧に生まれていたらプロテスタントになる。

それは彼の思想とか意思で選ぶのではなくて、大抵は環境とかその歴史性で選ぶわけです。その中でまれに、カトリック社会の中で、

「いや、おれはプロテスタントになる」

ということがありますが、私の知っている限り、そうした例はきわめて少ない。ましてや、イスラム教になるなんていうのは、一万人のうち一人もいるかいないかだ。

だから、あくまで自分の教団とか教義が正しいんだと主張する

ことの背景には、まず純粋に宗教的な理論の是非があるのではなくて、それ以前に、歴史的な習慣や民族的な感情などがないまぜになっているんです。だから、たとえば北アイルランドにおけるイギリスとの争いのようなことになってくる。

いわれなき宗教対立

歴史的に見ても——現代でもそうですが、相異なる宗教を持つ国家、民族などが対立し、戦争になる場合が多くあります。私たちはそれを単純に、宗教の対立と考えてしまうけれども、一般に宗教戦争と言われるものの背景をよく見ますと、民族的感情だとか、政治的な原因とか、そういう別の要素の方が多い。

たとえば、日本でいうなら島原の乱。これはキリシタンの一揆といわれますが、実際は苛斂誅求(かれんちゅうきゅう)の重税に対する「農民の一揆」であって、それが団結するためのよりどころとしてキリシタンという宗教があったわけです。つまりあれは、宗教的なものに起因する暴動ではなく、農民一揆の一形態なんです。

それをわれわれがすぐ宗教の反乱と考えるのは、ちょっと問題を単純化していると思う。

これまで宗教的対立と見なされてきたことは、実は本当は宗教的対立ではなく、それぞれの文化、言語の違いによる、宗教から見るといわれない対立だと言えるのではないか。

今、東欧なんかでも旧ソヴィエトの支配が解けて、一挙に民族問題が噴出している。これを、たとえば、イスラム教系対キリスト教系というような宗教対立とする見方がありますが、要するに言語が違えば文化が違う。文化が違えば宗教が違う。そのとき、その対立問題を一番簡単にまとめるには、宗教の名前を持ち出せばいい。単純に割り切れる、ということです。しかし本当は宗教対立ではなく、民族の違いによる対立だということです。

各宗教は別々かというと、私は、キリスト教が説いていることも、仏教が説いていることも、ヒンドゥー教が説いていることも、根底においては共通したものがあると思う。自分を生かしてくれている大きな命に名前をつけたのが、キリスト教徒の場合はキリストだし、仏教徒の場合は釈迦(しゃか)であったり阿弥陀(あみだ)様になったりするわけです。つまり、それは富士山を東から見るか、西から見るか、北から見るかであって、登っていく道は別々だけれども、頂上においては同じだということです。

その意味で私は、

「ヒンドゥー教徒に、キリスト教徒になれと言う必要はない。またキリスト教徒にヒンドゥー教徒になれと言う必要はないではないか。私はヒンドゥー教徒です。しかし、キリスト教徒の方たちがキリスト教徒であるということを私は尊重します」

というふうなインドのガンジーの言葉に、非常に共鳴するわけです。

私自身はキリスト教徒だけれども、これは私の環境とか偶然がそうさせたのであって、私の意思というよりはそうなる運命にあったわけです。私が仏教徒に変わることは不可能だと思う。というのは、日本の中では非常に特殊な例でしょうが、私はそういう環境（キリスト教的）の中で育ってきているから。

各宗教の中にはそれぞれの文化的背景がある。あえて言うけれども、キリスト教だって、ヨーロッパのキリスト教と東洋のキリスト教とは信じ方が違ってくるとさえ私は思っている。またそのために私は悪戦苦闘してきたわけですが……。

だから、今、ヨーロッパの学者たちもだんだんこの問題に気づき始めて、『神は多くの顔を持つ』とか、『宗教的多元主義』とかいった本を書かれている神学者もいて、私はそれに非常に共鳴している。

というのは、宗教で一番大事なのは、先ほどから言うように、自分を包んでくれて生かしてくれる無意識の存在であり、多くの日本人の場合にはそれが仏様であって、私の場合はキリストだとしても、それは、根底では共通しているものだ。だから、その共通してあるもの同士が憎み合うのは、宗教の第二義的、第三義的なことだろうと思う。その第二義的、第三義的なことを表面に持ち出して、「おれたちの宗教とは違うんだ」と言う時代は、既にもう終わりかけていると思うのです。

もう一度問題を整理するならば、宗教性と宗教とは違うということです。宗教性は思想でも何でもなくて人間の無意識にあるものであるから、それをたとえばマルキシズムといった思想と同じように考えてはいけない。

それから、宗教性の上でどの宗教を選ぶかは、その人の環境、文化、歴史的背景が大きく働く。しかし、そこに説かれていることは、根底においてはどの宗教でも結局は同じだろうと思う。同じ頂きを目指して、北から登るか、西から登るか、南から登るかの違いである。

だから、たとえば今、京都の天竜寺では、キリスト教の神父や修道士が来て、座禅を組んでいる。それから、天竜寺のお坊さんたちがヨーロッパへ行って、向こうの修道院で一緒に生活をしてみている。今までは集団における対立の時代であったのが、話し合いというかお互いの尊重の時代になってきつつあるんです。

無宗教と宗教への無関心

「おれは無宗教だ」と言う無宗教者の中にも、いろんなニュアンスがあって、

「神様なんか、いてもいなくても、どうでもいいや」

という無宗教と、ドストエフスキーの小説を読んでいるとわかるような、「神はいない」ということを必死になって、自分の人生をかけて証明しようとする無宗教があって、これは根本的に違う。

宗教を憎むというのが本当の無宗教だけれども、われわれの周辺の無宗教者の多くは、別に宗教を憎んでいるわけでも何でもない。あってもなくても、どうでもいいやという感じの無宗教だ。だけれども、人間というのは、本来だれもが宗教性を持ち合わせている。無意識の欲求がそこにある。つまり、

「何事のおわしますかは知らねども」

という、何かを、どこかで求めているものがわれわれの心の底にあって、つまりそれが宗教になるわけですが、どういう形をとるかということは、文化、言語によって違ってくる。大ざっぱに言えばそうでしょう。

「私のおやじがイスラム教徒だったから、おれもイスラム教徒だ」

ということになる。

教義を理解してその宗教に入るのではなくて、生まれ育った環境などによって意識せずに入っていくわけですね。だから、本物

だと言うわけです。

もし、教義などから入っていくのなら、それは思想になってしまって、それが本当に自分の無意識、意識下のものになるまでにかなりの歳月を要することになる。

その意味では、もし思想から本当の無意識にすぐになれるような人がいたとすれば、かなりの下地が無意識の中にあったからだ。あるいは、あえて言うならば、目に見えない何かが後ろから押してくれたからだと思う。

人はだれも、死に対する不安・恐怖を持ちます。若いころはほとんど関心を持たなくても、一生のうちには必ず、死に直面する、あるいは死について考えざるを得ない時に遭遇します。

ですから、どの宗教も死後の世界について説いています。その説くところによって、死後の世界での安楽をのぞむ。

そこで、死後の世界には、この世と同じようなものがあって、そこで飲んだり食ったりというもう一つの世界が用意されていると考えがちです。

たとえば、キリスト教の中での復活が蘇生と混同されて、『聖書』の中で復活したというと、死んだ者が生き返ることが復活であると思われがちだけれども、自分を生かしている大きな命、生命の中に戻ることを復活と言うのであって、蘇生とはまったく関係がない。

その、人間を生かしている大きな命を、キリスト教では天国と名づけるし、仏教では極楽という言い方をするわけです。

もう一度、今われわれが生きているような状態において生きるのではなく、別の形で生きるのだという気持ちは、どの宗教の中にもあるでしょう。けれども、現在われわれが生きているように呼吸したり、飲み食いしているのがまた別の世界の中でも行なわれると考えるのは、おそらく、輪廻転生(りんねてんしょう)を説くヒンドゥー教と一部の仏教のみではないか。

しかし、そのヒンドゥー教や仏教における輪廻転生も、何回もそれを繰り返しているうちに永遠の生命の中へ入れるという目的があるので、永遠に転生が続くわけではない。解脱(げだつ)ができるようになれば——。

ともかく、どのような宗教であれ、その根底にあるものは一緒なのであり、それは人間だれもが持ち合わせている無意識の中に存在する。それこそが私のいう〝宗教性〟で、あらゆる宗教の根本なのだと思うのです。

［対談］

『深い河』創作日記を読む

三浦朱門×河合隼雄

犬や九官鳥のかわりとして

三浦　小説書きが日記を書くということは、私はどうもいかがわしいところがあると思っています。たしかに永井荷風は日記の書きぐせがありました。しかし遠藤の場合は、それまできちんと日記をつけていたわけではありませんね。そういう人間が日記を書いたということは、ちょっといかがわしい――下心というか、自分を見せびらかすようなところがあったと思うんです。「おれが死んだあと、この日記を見れば、加藤宗哉なんかがさぞ駆けまわるであろう」というような遊び……。それからやはり、言わずにはいられない寂しさみたいなものがある。

遠藤がいろいろな形で書いていますが、彼は動物に話しかけますね。子供のときには飼っていた犬とか、手術を受けるまえには九官鳥とか……。彼には「男と九官鳥」という短篇があって、九官鳥にむかって「死にたくないよ」というようなことを言います。遠藤はそんな九官鳥や犬に替わるものとして、最後に日記という形を選んだのか、という気が私にはします。しかしたとえば九官鳥に話しかけるときには、その人間の愚痴っぽさとか、いちばん弱い面が出るもので、それを素直に〈遠藤周作の中心的な要素〉と考える必要はないという気はします。人間に本質なんてあるかどうかわからないし、また日記に書かれたことが彼の気持と裏腹だとも言いませんけれどもね。

河合　私もじつは、作家が創作日記を書くというのはどういうことか——それをお聞きしようかと思っていたのです。だいたい書きませんよね。で、私がまず思ったのは、「これが最後の作品」という意識が非常にはっきりとあったということが大きいのではないかということです。「最後にこれを、いまから書いていくんだ」ということを、小説の横でちょっと言っておきたい。そうでない限り、日記を書くこと自体があまり……。

三浦　最後に『深い河』を書くにあたって、それを自分の代表作にしたいという気持は、作家としてはやや邪心だと思いますが、その気持のために、書きながらちょっと宣伝しているところもあるんです。もちろん体力の衰えという問題もあります。健康だった遠藤と私が最後に会ったのは、吉行が亡くなって、その八月か九月に昔の仲間で座談会をやったときです。会場は高輪・清正公前の都ホテルでしたが、なぜこんなところでやるのだろうと思った。そのときの遠藤は結構ユーモラスだったたし、ウィットがあったたし、いつもの遠藤だったんですが、帰りぎわに彼が杖をついていました。

彼はときどき戯れに杖をついて、老人ぶることがありましたけれども、その日は本当に杖をついていた。ああそうか、目黒の仕事場から近いからこのホテルにしたのか、と思いましたね。それが彼が健康だったときの最後であり、また私が彼のことをもう普通ではないのだと思った最初でもあります。あれは亡くなる二年くらいまえでしょうか。『深い河』を書き終える頃だと思います。

河合　だからこそ、これが代表作になってほしいというか、なるだろうという気持と、いやならないだろうという気持と、両方を日記に書いておられますね。

遠藤さんは日記のなかで、特に『沈黙』と『侍』を挙げておられるでしょう。〈『沈黙』のように酔わせない。『侍』のように重厚になっていない〉と書いておられるのは、自分でも『沈黙』と『侍』は代表作だという気持がおありだったんじゃないかと思います。我々、あの二つの小説を読んだときのインパクトはすごいです。しかしこんどの『深い河』はちょっと違いますね。だから書きながら、その辺のところは気持が揺らいだんじゃないかなという感じはしました。

三浦　遠藤の代表作を『沈黙』と『侍』にすることは私も賛成です。けれども彼は若いときに評論を書いていただけあって、小説の作り方がしばしば理に落ちるところがあるんです。『沈黙』は理に落ちているところがあって、理に落ちているからいいと言えば、いいところもある。その点で『侍』は、支倉常長という男に興味をもって調べたけれども、じつはかなり整理していない状態で書いている。だから彼の言うキリスト教とかカトリックというものの分析がなく、いわば素材がそのまま出ているところがあって、それが結局、本当の意味で小説的な要素——理由がわからないけれども興味を持っている忘れがたい要素——がはっきり出ている。『侍』は彼らしい小説だし、私どもの考える普通の小説だという気がするんです。

河合　そうですね。ぼくは文学の専門家ではないのですが、自分の読んだ感じで言うと『侍』はやっぱりすごい迫力がある。『沈黙』の場合は、たしかに〈理〉が入っているんだけれども、あれだけの〈理〉はあの頃は考える人がいなかったから、それが小説という形で提示された。

三浦　テーマが新鮮だったですね。

河合　ぼくはあれをスイスから帰ってきた直後に読みました。ぼくはクリスチャンではないけれども、勉強してきたのは西洋の学問です。それを研究して帰ってきて、日本のなかに入って非常に苦労しているときに読んだわけです。だからすごく印象に残っています。こんどの『深い河』の場合は、私があういうことを勉強し知っているということがあったけれども、そうでない人にとっては、非常に勇気づけられたり、感激するものでしょうね。ぼくのアメリカの友人たちが『深い河』の英訳を読んだり、映画を観たりして、非常に感激していましたね。

三浦　私はインドに行ったことがないんです。インドが厭だからです。たとえば『深い河』に出てくるようなインドではなくて、病気とか死すらビジネスになっている。先進国の人間がそこにセンチメンタルな感動などおぼえるのがちゃんちゃら可笑しくなるような、しぶとさと言うか、生きることの原形みたいなものがある。それは決して素朴なものではなくて、それなりに二千年、三千年と積み重ねられてきて、それなりのスタイルとして「洗練された」混乱、「洗練された」無秩序があるはずなんですね。『深い河』のように素直にインドの現実にショックを受けたりすると、「こういう人だからインドへ行けるんだ、ぼくは初めから行く気にならぬのだがな」という気がするんです。

『深い河』とヨーロッパへの拒否感

河合　遠藤さんの「創作日記」のなかに、夜、テレビでヒマラヤを登る日中登山隊の記録を見て、奥さまが「一体、なんのためにこんなことをやるのかしら」と何度も言うというのがありますでしょう。あれはすごく面白くて、おそらくJ・ヒック（『宗教多元主義』の著者）の考えたことで言えば、山登りの際、頂上に達するにはいろいろな道があって、どの道から登っても結局頂上は一つなんだというイメージじゃないかと思ったんです。たしかに〈河〉も最後には一つになるんだけれども、山登りとは違うんですね。山登りには、明確な目的地がある。
三浦　到達する意欲、絶対的な意欲がある。河は流れて、海になってしまうのですよ。
河合　そこが面白いと思う。しかし遠藤さんには初めから河のイメージがあったから、小説の題を「河」にしておられたのですね。ヒックの本を読んで感銘して、この本に出会ったのは偶然ではないと日記に書いておられるけれども、それが山登りにならないところが非常にぼくは面白かった。
三浦　『深い河』で不満なのは、たとえば彼はヨーロッパへ行って抵抗感をおぼえますね。その一つの要素として、ヨーロッパに拒否感を持つ神学者・大津が小説には出てきます。あれは遠藤自身であり、遠藤の仲間だった井上洋治神父だという気がします。我々がヨーロッパに行くと、たしかにそういう拒否感というか、「所詮おれはこの国は解らないし、この国の人は我々を理解してくれない」という断絶感はおぼえます。しかし私はもっと大きいものを、古代文明を作った人たちに感ずるんです。たとえばチャイニーズ、インディアン、そしてイラン、ティグリス・ユーフラテスのイラク、エジプト……。これらの人は今日の生活のシステムを二千年まえに作って、今日までずっとやってきて破綻なくきている。現代に至るまで一つのシステムとして作用している。「おまえたち今さら何を持ってくるんだ」というようなところがあるんです。

たとえばチャイニーズは私のもっとも理解している古代文明だと思いますが、彼らと話すとき、夏目漱石、芥川龍之介はもちろん、紫式部の話もできない。話をするのは、やはり孔子、老子です。私はチャイニーズの文明のアウトサイダーとして、チャイニーズの文明を通して話をするよりしようがない。これは日本のキリスト教徒がヨーロッパへ行って話しても同じだと思います。プロテスタントだったらルーテルとかカルヴァンの話をするでしょうし、カトリックだったらアウグスティヌスとか聖フランシスコとかの話をするでしょう。すると、やはり我々が孔子、老子によってコミュニケートするのと同じ苛立たしさがあるのです。これに比べればヨーロッパなんて可愛いものです。アメリカなんてもっと可愛いですよ。

一九六二年に私はロンドンに行ったんですが、その頃は日本語の観光バスなどありませんで、英語の観光バスに乗りました。客はほとんどアメリカ人です。ガイドはロンドン訛りのひどい英語で、私にはよく解らないけれども、アメリカ人たちはシーンとして聞いているから、同じ英語だから解るんだなと思った。そうすると一人のアメリカ人が私に「ガイドの言っていること解るか」。「いや、解らない」と答えると、急に自信を持ったように大声で「おい、解るように説明しろ！」（笑）。つまり、アメリカ人もイギリスに行くとちょっと肩身が狭いんですよ。ガイドの英語が解らないのは自分の英語がダメだからというのがある。だからアメリカはヨーロッパに行くと肩身が狭い。日本はアメリカに行くと肩身が狭い。その狭さの度合いから言うと、チャイニーズやインディアンに比べるとヨーロッパのほうがまだ底が知れている。西ヨーロッパはせいぜい三百年じゃないですか。

河合　ただヨーロッパの文明が現代世界を席巻しているということがあるから、これは大きいでしょうね。ぼくはクリスチャンではなく横から見ているんですが、キリスト教という砂漠にできた宗教がヨーロッパに広がったというのは凄いことだと思います。キリスト教は本質的に砂漠的なところがありますね。それがヨーロッパに入って栄えたというところで、もの凄いパワーを持ったように思えます。

三浦　遠藤が私に言った言葉で憶えているのは、我々がキリスト教と言っているのはキリスト教パウロ派だというのです。聖パウロの生まれはローマ帝国の領内ですが、イスラエルの土地ではない。生まれた時からローマの市民権を持っていた。母国語は、アラマイ語とかヘブライ語といわれるユダヤ民族の言葉と、知的分野ではそれに加えてギリシャ語だった。彼はギリシャ語的な教養を持ちながら、情念としてイスラエル人であったためにユダヤ教の分派であるキリスト教を憎んで、それをぶっ潰す仕事をしていた。それがダマスカスの城門で或る事件が起きて彼は回心するわけです。そしてキリスト教徒になる。だから彼はユダヤ人の本拠の土地へ行って布教するよりも、ローマの領土にいるユダヤ人たちを中心にして、それ以外の人にむかっても布教を開始する。つまり、本当の意味で異邦人の宗教にしようとしたのはパウロだった。同時に、パウロはギリシャ哲学の素養があるからアテネでギリシャ人の哲学者たちと、ギリシャ哲学のコンセプトを使って討論なんかしていますね。パウロによってキリスト教はその当時の文明のコンセプトを使って論議できるものになった。

で、話はまったく飛びますが、私は『古今集』の「序」がたいへん面白いと思うのは、そこで紀貫之が文学とは何かということを書いています。あれは抽象的な観念を日本語で書いたもっとも古いものですね。紀貫之はおそらく、二葉亭四迷や夏目漱石や島崎藤村が口語体で文章を書くことに劣らぬ苦闘をしたと思いますが、『古今集』

には同時に、別の人が書いた漢文の序があるのです。日本語の序だけでは心許なくて――つまり中世のヨーロッパ人がラテン語で書くような意味で、漢文でもちゃんと書いておかないと意味が伝わらない。千年まえの日本人はそういう抽象的な観念を日本語で表現しきれる自信がなかった。

同様に今から二千年まえのキリスト教徒たちは、自分たちの信仰をその当時の知的な言語であるギリシャ語あるいはラテン語で表現しきる自信がなかった。それをやったのがパウロなんです。そしてパウロの影響下とは言いませんが、最初の福音書として文字化されたものはギリシャ語なんですよ。だから知的言語に翻訳されたことが大きな意味があって、それがその後のヨーロッパ文明の基礎になっていき、それでヨーロッパに広がったという気がするんですね。パウロは死後の弟子ですし、正統的なキリスト教徒とは言えないかもしれない。ただ結果的にはパウロの系統が……。

河合　正統になる。

復活と転生

三浦　遠藤の日記を読むと、ヒックの『宗教多元主義』との出会いが力説されていて、遠藤の宗教観とも重ねられますが、ただバチカンも一九六二年の公会議からは妙にわかりよくなりまして、ユダヤ教もまた我々とそれほど遠くない信仰なんだということを言いますね。プロテスタントもギリシャ正教も決して憎みあうものではない。そういう形でさまざまな宗教を認めていくんですが、こういうことも一つには背景にあると思います。

初期のキリシタン時代の日本人たちが洗礼を受けることに対する抵抗感の一つは、「キリスト教の存在も知らずに死んだ我が親たちは、地獄の業火で永遠に焼かれているのか」ということです。それが、異教徒が回心するときの大きな問題点だった。遠藤の場合には、それはヨーロッパへ行ったときの違和感と重ねられて意識されていると思う。けれども彼は、それでいいんだ——南無阿弥陀仏でも南無妙法蓮華経でも、インシャラーであろうとアラーアクバルであろうと、結局は大きな河の流れのなかで一つになっていくんだ、そういう考え方だと思います。しかし遠藤にとっては、神というのは子供のときから懸命にこだわってきたものしかないけれども、だからといってそうではない他の人たちも救われないことはないので、救わなきゃいけない——という意味はあると思うんです。

河合　日記のなかに、宗教多元主義に関して門脇神父と間瀬教授がケンカするところがありますね。遠藤さん自身も心が引き裂かれて当惑したと書いていますが、あれは面白かったですね。だからぼくは、『深い河』はヒックの『宗教多元主義』を読んだから多元主義を中心に作ったというより、そこで引き裂かれている自分のなかから出てきた作品という感じがします。初めからヒックと言ってしまうと文学にならないし……。そういう点で成瀬夫人が出てくるのがぼくは非常に面白いと思うのです。これは『スキャンダル』のときから出てくる人物ですが。

三浦　『深い河』は、「誰々の場合」という多くの章があるように、ビルマ戦線の人とか女房に死なれた人とか、いろいろな人が出てきますね。それは遠藤自身の心にあった非キリスト教的な命についてのいろいろなテーマだと思います。

たとえばキリスト教の復活という問題に関してですが、肉体の蘇りは使徒信条（クレド）にあるんですけれども、それは具体的にどういうことかは解らない。しかし『深い河』の最初に、死んでいく奥さんが「きっと生まれかわるから」と言うのがあるでしょう。あれはやはり遠藤周作の気持としては、復活ということの意味は解らないままに死んで、最後の審判まで自分はゼロになっているのか、という心細さはあると思うのです。

あるとき遠藤が「結婚というのは永遠だ」と言ったことがあります。「我々夫婦が死ぬだろう。百年たってふっとわきを見ると順子がいる。千年たって、順子がいる。十万年たって、また順子がいる。おまえ、大変だぞ」(笑)。私がそのとき、「結婚というのは十字架である。つまり女房・曾野綾子は私の十字架である」と言ったら、「おまえそんなこと言うて曾野に叱られるぞ。ボクにとっては順子は守護の天使です。へへ」と言っていました。永遠といるということを、そのときは怖れ、かつ笑っていたんですけれども、遠藤は同時に、死ぬことによって自分の愛する女、親しい者と別れていくことに心細さを持っていた。兄さんの正介さんが亡くなったときに、非常な衝撃を受けるんですね。別な言い方をすると、正介兄に生き返ってほしいというような気持もあった。チベットのダライ・ラマの話を聞くにつれて、転生への憧れを持っていたのは本当じゃないかと思います。

河合　復活というのは、キリスト教の場合は一回かぎりの復活で、非常にはっきりしている。近代自我のようなものは、キリスト教の復活を背後に持っていなかったら出てこなかったとぼくは思っています。ヨーロッパにできた自我の考えをみんなが好きになって、自我の確立とか言っているけれども、復活を信じなかったらせっかく確立したものが全くのゼロになるわけでしょう。

三浦　消えてしまう。

河合　それをおまえはどう思っているか、と聞かれたときにすごく弱いんです。ところが「やっぱり復活しますよ」ということになったら、自我をいまどう作っておくかが大変なことになるので、ここに意味があるんだけれども、復活を信じないで自我の確立を言っている人は一体なんだ、とぼくは思うのです。

しかし一回かぎりの復活ということは、いまのアメリカ人でもヨーロッパ人でもなかなか信じがたくなっている。そのとき、輪廻転生のほうが何となく実証的な気がする。だから欧米の人たちもその辺はすごく揺れているところがあるようですね。自我の確立は、現代をどう生きるかについては良く説明しているけれども、死んでからの説明が全然ない。復活を抜きにしたら弱い思想になってしまうとぼくは思っている。この頃は日本人も真似をして、自我の確立とか言っているけれども幸いあまり確立しないから実際にニコニコ生きている（笑）。これを本気で考えだすと大問題です。

遠藤さんは、死んで無くなるということはずっと思っておられたんじゃないかと思います。そしてそれを一回かぎりの復活には結びつけがたい。いろいろな模索があって、磯辺の奥さんが転生するというのを小説の冒頭に持ってきたわけでしょう。そしていろいろな人の話を書いた。これはずっと思っておられたことじゃないかという気がします。

ぼくは、輪廻とか転生の問題を遠藤さんはどう考えておられたのか、と思うことがあるのですが、三浦さんはどうお考えですか。

三浦　私自身はそういうものを目の前で見ないかぎりやっぱり信じられない。ただ、一九七〇年頃、ベトナム戦争後にクリシュナというインド宗教がありましたね。ああいうのを見ると、アメリカ人でもキリスト教徒でも、最後の審判まで不特定の長い年月死んだままだということに耐えられないんだなという気はしました。だから初期キリスト教の人たちは、最後の審判はもうじき来ると思っていたに違いないんですね。自分はそれに間に合うのじゃないかと思っていた。

河合　それは相当な事実としてあった。

三浦　だからこそわりと勇敢に殉教できた。

河合　そうでしょう。

三浦　あれから二千年たって最後の審判は来ない。一九九九年に来るという説はあるけれど、そんなことはなかろうと思う。死ぬと、最後の審判は何百億年先か解らないですね。そういうことを思うと、救いというか復活のもっと安直な形として輪廻転生は憧れとして出てきちゃうんでしょう。

「河へ行く」ことと、玉ねぎ

三浦　さっき山登りの話が出ましたね。「登る道は違っても頂上は一つ」というのは、やはり自我の確立型なんですね。自我を確立するというのは、山の頂上へ行くための、復活のための準備なんです。もし復活しないのなら自我なんて確立せずに、悪いことをしようが何をしようが今日この瞬間を楽に生きればいい。だから自我の確立というのは山を登ることです。なぜそんな苦しいことをするかというと、頂上に行くとすべての人に会える。自分と同じように苦闘した人間すべてにそこで会える。……それに対して、河は何もしなくていい。流れていってしまうんですから。だって輪廻転生というのは、自分の意思とか宗教の努力によって転生するわけじゃないですから。

河合　むしろ逆です。なるべく抵抗しない。いや、山とか河の善し悪しを言っているんではなくてですね。

三浦　遠藤には無意識の世界に対する憧れのようなものがあった。だから彼は晩年、精神分析にのめりこむ。意識のうえでやっていることなど人間のトータルから見れば何ほどのことか――というのが彼の気持にはある。それ以上に無意識の「なじかは知らねど心わびて」みたいなものが人間としていちばん大きなテーマだ、というところがありました。

河合　無意識というのも本当に食わせものなんです。しかし自分の意識のはかりしれないところに大きいものが流れているのは、キリスト教でも同じでしょう。そのとき、それを一人の人格神としてはっきり思い描く力というのは凄いことだと思います。キリスト教の場合はそれをやったわけです。一人の人格神を思い描くことと、自分が自我を作りあげることとは、どこかで重なっているとぼくは思う。日本の場合は下手をするとそうではなくて、さっき言ったように平気で河のなかに流れこんでしまうということになりますが、遠藤さんのはそんなに単純な河ではない。河に集まってくる人は、みんなすごく苦労しています。

三浦　河に辿りつくために。

河合　はい。辿りつくまでの苦労。たとえば成瀬夫人はその典型です。初めから河に行こうとしたわけではなく、まったく違う世界にいて、大津神父にはハナもかけなかったのに、何か知らないけれどもそこで会わざるをえない。そういうところは、何も努力せずにいても、結局は河に行くのだから、というのとは全然違う描き方をされていると思います。その辺が、作品としてそれぞれの人物を書きながら、結局はその河へくる。そこが大事だと思うんです。人物像をどういうふうに展開させるか、やはり創作日記のなかでもだいぶ迷いがあるんですね。そこが面白い。最初の構想にあって、あとでなくなったのはセクシャルな問題です。ぼくはそこが非常に興味ぶかい。ただ、それは『スキャンダル』に書かれていますね。だからぼくはアメリカ人で『深い河』を好きな人に、『スキャンダル』を読ませているんです。両方読まなければ解らない。そうするとやっぱり感激しますよ。ぼくは『スキャンダル』がすごく好きなんです。あれは非常に宗教的な本だと思います。

三浦　成瀬夫人は河に行くまで苦闘するんだけれども、それは頂上を目指すような一途な道ではなく、人生……迷いなんですね。迷いながらも結局、河の流れに身を投ずる。山登りとは少し違います。河の場合は努力が一切いらないというわけではなく、河に近づくためのいろいろな要素があるんだけれども、山登りに比べると合目的な目標という意識はなくて、右往左往しながら結果的にそこに辿りつく。

キリスト教の罪のなかに〈覚える罪〉〈覚えざる罪〉という言葉がありまして、〈覚えざる罪〉は無意識の罪です。そして罪の意識の中心はこの〈覚えざる罪〉……原罪とかいろいろな言い方をしますが、そういうものなのです。だから〈覚えざる罪〉を強く言おうとすると、成瀬夫人のように若いときに何気なくやったことの意味に自分ががんじがらめになって、それがだんだん明らかになっていくという形をとる。あれは遠藤の考える〈覚えざる罪〉の在り方だという気がします。

河合　本当にそう思います。さっきの「結婚は永遠なり」の考え方をすると、成瀬夫人は離婚しましたから、そこも非常に興味ぶかいですね。

三浦　遠藤は『テレーズ・デスケルウ』がとても好きで、こだわっているところがある。テレーズはなぜ亭主を殺そうとしたか。論理的には明快になっていないけれども、成瀬夫人が亭主と離婚する理由は同じだという気がしますね。離婚というのは、ある意味で合法的な夫殺しですから。カトリックの場合、離婚できないから殺すんでしょう。離婚できれば離婚しちゃう。

河合　三浦さんがさっき言われた、河の場合は迷いながら苦しみながら行く、目的があって行くのではない――というのは本当によく解ります。しかし残念ながら『深い河』というタイトルがあるから、読み出すとみんな「河へ行く」という感じがするんです。これがぼくはちょっと残念です。合目的的ではないんだけれども到達点が解っている――と下手に言うと、みんな迷わなくなるのではないかと思いましてね。迷わない、苦しまない。最後はどうせ河に行くのだと安心してしまって困る。だから『深い河』はそういう意味の〈理〉に落ちすぎているところがあるという気がします。
三浦　『深い河』というのは運命論的なところがあるんですね。
河合　題名が結末を言ってしまっている。
三浦　それは『沈黙』も同じですね。しかし遠藤の創作態度はいつも山登りなんです。ところが宗教的には、肯定的には山頂を見据えていなくて、むしろノー、ノーと自分の道を探っていったような気がする。これはおれに合わない、合わない……と。だから運命論的という言い方がもし間違っているならば、自分が肯定的に山頂を見据えて行くのか、あるいは「こういう生活は自分にとって本当ではない、これも本当ではない」という形で河に落ちこんでいくのか。イエスの場合もノーの場合もそれなりの決断と、その道をとることへの責任はあるとは思いますが。
　遠藤は自分で経歴を説明した文章のなかで、自分は確信があってキリスト教の洗礼を受けたわけではない、と言っています。洗礼を受けたら骨がらみになっていく……それはたとえば父親から反対されたり、あるいは戦争中にキリスト教徒であるがために意地悪をされたりして、そういうことへの反発からだんだん本物になっていくんですね。
　遠藤の場合、「ノー」と言うのは自分を探すうえの大きな要素であって、初めから

「おれはこうだ」という生き方よりも当世風だと思う。自我の確立というのは考えてみるとかなりしょった言い方で、理想的な自我が初めから見えているのはおかしい。むしろ生活のなかで感じている違和感によって居心地のいい場所を選んでいき、それを否定されたときに猛然と反発し、その結果、積極的に擁護するようになるのではないかという気がしますね。

罪に関しても、彼は若い頃は積極的な意味での裏切りを罪として考えますが、たとえば『深い河』の成瀬夫人のように、たいして悪くもない夫に飽き足らなくなっていく妻もやはり罪です。新婚旅行で夫といっしょにパリ見物をしていればいいのに、夫から離れて『テレーズ・デスケルウ』の舞台を歩いたりする。ああいうこと自体が罪です。カトリックで言うと〈傲慢の罪〉がそれに近い。夫のなかの俗物性をくだらないと思い、パリ見物するよりもテレーズの心を辿りたいというのは、成瀬夫人の亭主――つまり一般日本人のフランスに対する関心をおとしめている〈傲慢の罪〉です。私はこの傲慢の罪はよくやると思います。たしかに私は盗みや人殺しはしないと思いますが、罪というのは思い溺れること自体ですからね。

河合　『深い河』にも「創作日記」にも〈玉ねぎ〉が出てきますが、いま三浦さんがおっしゃったイメージには、たしかに〈玉ねぎ〉が似合いますね。つまり玉ねぎは中心があって広がっていくのではなく、果肉が集まっている。その果肉がみんなノー、ノーと言って作っているわけです。そして、見てみればちゃんと出来ている。果肉の一つ一つはうまいのです。いろいろな食い方があって、「お好きなように」と言う。遠藤さんはどうやら、ずっと以前から神のかわりに玉ねぎという言葉をつかっておられたようですがね。

三浦　ずっと昔、遠藤とこんな話をしたことがあります。猿は柿をやると皮をむいて食う。玉ねぎをやると、面白いことに皮をむいてむいて、最後に何もなくなって、ポロポロ涙を流している。だから猿はバカなんだ。……物事には過程そのものに意味があることがあって、玉ねぎの皮をむいた後はたしかにゼロかもしれない。

それからこんなことも言いました。プロテスタントはカトリックが持っているさまざまなドグマを不合理だといって拒否した。これは玉ねぎの皮であって、信仰というガスを包んでいる容器を「これはくだらん」と捨てたら、なくなっちゃうんだと、そんな話をしたことがあります。

河合　玉ねぎはそういう臭味があるところがいいので、中心だけ求めたら何もなくなってしまう。そういう点でも玉ねぎというのはとてもいいイメージだから、どこかに出典があるのかと思ったら、やはりこれは遠藤さんの考えなんでしょうね。それを猿の喩えで言っておられたわけだし、猿知恵では解らないというのも面白い。だからやっぱり、キュウリやトマトではなく、玉ねぎでなければいけないんですね。……しかし、中心がないと不安で仕方がない人たちはいるわけで。

三浦　だからそういう人たちのために、十字架とか、宗教的な権威があるんでしょうね。

河合　ぼくは玉ねぎのイメージを面白いと思ったけれども、ヨーロッパやアメリカの人は満足しないんじゃないかな。

三浦　そうだと思います。

河合　やはり中心にいる人格神としてのキリストはすごいですからね。

三浦　ええ。日本だって御神木とか神様が宿る岩のようなものがある。それはヨーロッパにもあるんですけれども、それにしても日本はどうして御神木も何もない状態に耐えられるようになってしまったんでしょうね。

河合　でも日本人はそう言っていながら、どこかに何かを持っているんじゃないでしょうか。じつはぼく、隠れ切支丹の家を訪ねたことがありましてね。それは非常に大きな家でしたが、話をしていたらその方が、「いまの時代ですから隠れ切支丹もなにもないし、もう神も仏もありませんで」と明言されるんです。ふっと見たら、立派な神棚がありましてね。榊や灯明があがっている。「失礼ですけどあれは何ですか」と言ったら、「あれがあると落ち着きまっしゃろ」と言う（笑）。ぼくは「それはそうですな」と言って感激しました。その話をぼくはスイスで「日本人の宗教性」ということで話したのですが、「あれがあると落ち着きまっしゃろ」という言い方には主語がないんです。普通だったら、私が落ち着くとか、宇宙が落ち着くとか言うでしょう。「落ち着きまっしゃろ」と言われて、ぼくも「そうですな」と平気で同意したんだけれども、まったく主語無しの会話で納得する。これが日本的なのではないか、という話をしたわけですが、英語に訳すのは非常にむずかしい。その主語にあえて何かもってきたら、御神木になったり岩になったりしているけれども、キリスト教の神のように、岩そのものイコール中心存在ではないというのは、どこか解って言っているところがあるんですね。そこが不思議なんじゃないですか。

三浦　ヨーロッパにも主語のない文体があります。たとえば「学問の自由は、これを保障する」という日本文憲法があって、その原文は英語で「ｉｓ　ｇｕａｒａｎｔｅｅｄ」という受身です。英語の受身文の文法的な主語は、問題の所在をのべるにすぎないことがある。私は驚く。私は目覚める。といった表現の場合のように。「学問の自由は、これを保障する」と言っても誰がするのかというと、これは日本語でも曖味、英語でも書かれていない。だからヨーロッパ文脈もそれほど明晰じゃないところはあると思うのです。決して論理一本では押せない。けれども「落ち着きまっしゃろ」というのは本当に翻訳できない。

河合　本当にむずかしかったんですよ。

三浦　それから「もったいない」というのも翻訳できない。しいて言うと「自然のために節約しろ」とでも言うかなと思うことがあるんですが、翻訳できない。どの国の言葉にも翻訳できないものはあると思うんですけれども。

さっきの、神棚があると落ち着くということですが、一般の日本人にとって、皇室があると落ち着く。それは意識的に目指している山の頂上ではなく、おそらく山の基盤にあるものなんですよ。その岩が崩れると、山そのものが崩壊して平らな高原になってしまうかもしれないものなんでしょうね。

ダメ人間代表の優等生

三浦　創作日記に話を戻しますが、あれを読んでちょっとおかしいと思ったのは、小説を書くときにああいう苦しみ方は普通はしないものです。

河合　わかりますね。
三浦　河合先生も人間の心理の本をお書きになるときに、基本的なテーマがあって、書くまえにこそぼんやりした設計図はあっても、書きはじめればひた走りに走るところがありますでしょう。「ここへこう入れることによって、こういう効果が出る」なんてことは余り考えるものではないのではないですか。
河合　おそらくそうでしょう。
三浦　だからちょっと胡散臭い感じがするのです。もっとも、五枚書いて気力も体力もつづかない。気持としてはもっと書きたいけれど書けない。そういうことに対するもどかしさがあれば本当だとは思いますが。
河合　そう言ってはなんですが『深い河』は自然に生まれてきたというよりも頭で考えたことが入っているという感じがします。それだからこそ、ああいう日記を残しておいて、その点をカバーしておきたい。——そんな感じがします。
三浦　たとえば文章が上手く書けなくて、詰まってしまって苛々するということはあると思います。ある状況を描こうとしても、一つのセンテンスで言おうとすると、いろいろな要素が入ってぐしゃぐしゃになってしまって、それをすっきりしようとすると全体的な雰囲気がバラバラになってしまうということで悩むことはあると思いますが。

河合　ぼくは日記を読んで、遠藤さんは自分がこれで終りになるという気持は持っておられたんだと感じました。

三浦　それは感じました。

河合　だから読んでいて何ともいえない感じがしました。どうしてもこれは置いておきたいと思われたんじゃないでしょうか。いろいろなことを意識しておられたと思う。それだけにどうも作品だけでは……と。

そういえば、日記のなかに夢の話が出てきましたね。「隣家の敷地に象の群を見る」というやつです。「私はそれに不満を感じるが、抗議する気持はない。やがて象の群から一匹、灰色のマンモスが逆の方角に駆けていく」……ぼくはこれはすごく面白いと思いました。象はどう考えてもあまりキリスト教的な動物ではない。インドでしょう。それにマンモスまで出てくる。だからやっぱりインド的なものがはたらいていたんじゃないでしょうか。さっき三浦さんが九官鳥の話をなさったけれども、そういう話相手でもなさそうだし、もっと巨大ですね。普通はいないものが自分の近くにいる。しかも、マンモスというと相当に古いイメージですから、遠藤さんの心の非常に深い層まで動いていたと思います。

三浦　もし遠藤が若かったら、夢をもとにしてカフカばりというか、朝、目をさまして窓をあけたら空き地に四頭の象がいるということで書くかもしれません。象を何の象徴にするか、悪魔かキリストか何か知らないけれども。
河合　これは何とでもできるわけです。
三浦　そういう曖昧なままの状態で象が来た。それに怯えながら出勤する。象がこっちをちらっと見たけれども、襲いかかってこなかった。帰るときにまた象がいるかと思うと不安になるが、帰ってくると象がいない。ほっとすると、玄関のわきから突然あらわれたとか、そういう形で人生を書くことはできる。日常生活のすぐわきにある非日常性をあつかう宗教でも、死でも、生でも、異常事態でも、そういうものを象に託して書くことはできる。それは遠藤が若かったらやったかもしれません。
河合　ともかくよっぽど深いところが動いていたということでしょう。はかりしれないものがどんどん動いている。そういう感じだったんじゃないでしょうか。しかもマンモスまで出てくるから、あそこは面白いと思いました。
話は変わりますが、ぼくは遠藤さんの『スキャンダル』という作品が好きでしてね。いちばん感激したのは、あの小説には答がないんですよ。あれが本当のミステリーだと思いました。『スキャンダル』は精神病理学的にいうと答がないんです。どれにも当てはまらないように書いてある。あれは絶対に意識して書かれたと思います。だから本当のことは解らぬようになっています。そこがぼくは好きなんですがね。『スキャンダル』には勝呂という小説家が出てきて、授賞式で褒美をもらって喜んでいると、すごくイヤな顔をした自分がむこうにいる。それでドキッとする。それから勝呂は、じつは歌舞伎町のへんな店に出入りしていると噂がたったりしています。それが精神病理学でいう二重人格なのかドッペルゲンガーなのか、単なる幻覚なのか、本当にそういう贋者がいたのかということも、最後まで読んで丹念に考えても答がわからぬようになっています。そこがすごい。タネ明かしがないからぼくはミステリーだと思いました。そこのところが宗教的というか。

三浦　すべての人が大なり小なりそうだと思うけれども、遠藤周作もよく〈もう一人の自分〉を意識した人だと思います。彼は体力のない人でしたから、みんなと一緒にはしゃいでいてもガクンと体力が落ちることがあるんですね。

河合　急に、ですね。

三浦　結核で胸を手術していますから。私には遠藤の体力が落ちたことがわかりました。そのときから彼は分裂するんです。いままでと同じにはしゃぎ続けている自分——これはみんなのためにということもあるけれど——と、さっさと帰って小便をして寝ようという自分と、パッと分かれる。本当に健康な人間だったら徐々に疲労していったり、眠くなったりするんだけれど、遠藤は突然ガクッと体力がなくなった。

河合　それでもその場にいるような人でしたね。帰る、とは言わないし、パッと帰ることもしない。

三浦　でも私と電話をしているときには、「おれがかけた電話だから、これで切るわ」と言う（笑）。遠藤からかかってきた電話で、こっちが一所懸命にしゃべりだすと、もう気に入らない。「用があるんなら、おまえのカネでかけろ」って（笑）。

河合　もちろん狐狸庵という名前がちゃんとあったわけだから。しかしぼくが遠藤さんと対談すると二人ともマジメの塊みたいな話ばかりしているんです。ぼくは「うそつきクラブ」の会長で、遠藤さんは狐狸庵でしょう。いっぺん戯けた話をしましょうと言いながら、顔が合うと途端にマジメな話になる。戯けた話はとうとうやらずじまいでした。

三浦　遠藤は子供の頃は優等生に憧れていたけれどもダメ人間だった。けれどもあるとき佐藤朔先生に会って、フランス語の本を「これ、面白いから読みなさい」と言われて意地で読みはじめたときから、優等生風なところが出てきた。だから彼にはダメ人間と優等生風なところがあって、たえずダメ人間になろうと思いながら、ダメ人間代表という形で優等生になっちゃった。だから遠藤は心ならずも虎になった猫だったと思います。私は彼にあるとき「おまえは昔と同じイタズラ子猫のつもりでやっているけれど、実際はもう虎なんだから、おまえの一言、一行によって周りにいる若い人が傷つく」と言ったことがあったのですがね。

河合　そういえば、遠藤さんは灘中を卒業したあと上智大学へ入学していたんだそうですね。それをご本人は一度も言わなかったけれど。

三浦　私が思うに、それはやはり「わたしが・棄てた・女」だからでしょうね。あの男はわりといいところがあって、自分が振った女のことは絶対に言わぬ男だったですね。そこは男らしい。彼はもともとは大変モテない男だったけれど、モテるようになってからも、その女性たちの名誉が傷つくような形で彼女たちを語ることは絶対にならなかった。だから彼は上智大学へ入って、それが完結していたならば言ったと思いますが、完結しなかったわけですからね。順子夫人とは結婚したから悪口もさんざん言いましたけれど、結婚しなかった女性のことは言わないんですよ。

（了）

遠藤周作（1994 年）

一九九一年（平成三年）

九月五日（木）

「男の一生」連載を終り、愈々純文学へ久しぶりにとり組むことにする。その気持の準備に暫く読書を続けるだろう。

数日前、大盛堂の二階に偶然にも棚の隅に隠れ席か、客か置き忘れた一冊の本がヒックの「宗教多元主義」だった。これは偶然というより私の意識下が探り求めていたものがその本を呼んだと言うべきだろう。かつてユングに出会った時と同じような心の張りが読書しながら起ったのは久しぶりであ大学ノートに記された『深い河』創作日記。
（長崎市 遠藤周作文学館所蔵）

サールナートの遺跡がシュンガ、クシャーン寺院は釈迦の生涯を描いた壁画のあるので名高い。白いその遺跡は靴をぬがねば入れない。

「つかれたし、くたびれたから」と美津子は山本夫人に言って「わたくし、ここで待っているわ」

日本人観光客の姿が消えたあと彼女は寺院の前にたって土産物を売りつけにくる子供たちの群れに囲まれた。[illegible]「ジャパニーズ、ワンダラー」と木を濡らしたように銀色の黒い少年が底のような丸くりくりした眼で話しかけた。美津子は彼の顔に負けて一枚一組の絵葉書を買った。印度の各地の仏像を撮った葉書である。次々と観光団がやってくる。フランス人の男女の群がコーラの瓶を片手に寺院に向ってくる。木陰で美津子は絵葉書の一枚一枚を眺めて皆の出てくるのを待った。

サールナートに出土したさまざまな仏像。紀元五世紀にこのサールナートで出土した初転法輪像・結跏趺坐をして眼を半眼に開き、瞑想している像。マトゥラーで発見された直立の仏立像、右手を少しあげ何かを説いている姿。「苦しみの海」という言葉が急に頭に浮んだ。何かの詩か小説のなかに出てきた言葉かもしれない。その苦しみの海から奇蹟のように脱出できた者の顔。人間の苦悩や妄想をもう離脱しきった顔。

美津子は病院で何人もの死者の顔を見た。その死者の顔と仏の表情とには何処か似かよったものがある。すべてをもう失うことのない永遠の静寂がある。しかし病院で目撃した死者の顔と仏の表情とが違うのは、人間のそれには眉と眉との間に、生前の苦しみがかすかに残っていることだった。美津子はその苦しみの痕を見ることでデスマスクと自分との間に連帯感を感じることができたが、仏の表情は自分と結びつける何ものかを見つけることができなかった。彼女は突然、人間の渦まくあのヴァーラーナスイに早く戻りたいと思った。

（二行アケ）

木口の場合

ヴァーラーナスイが近づくに連れて喧騒がふたたび強くなった。自転車の音、車の警笛で埋った道。荷物を満載した馬車、牛や羊の[illegible]。バスはたびたび[illegible]、人間と同じように荷物を積んだ[illegible]車と道を横切る

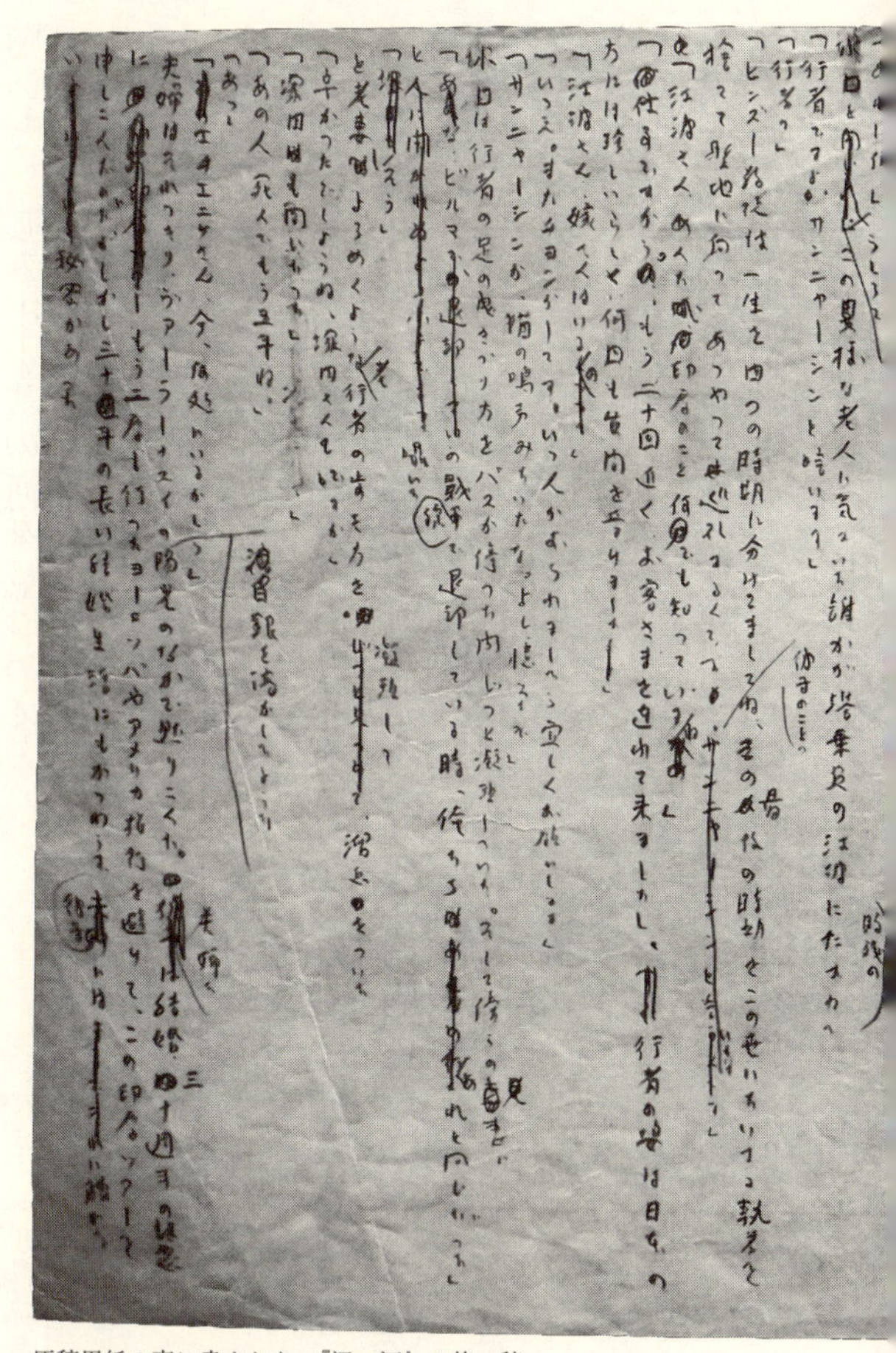

原稿用紙の裏に書かれた、『深い河』の第一稿。
（長崎市 遠藤周作文学館所蔵）

解説

願いと哀しみ――魂の河を見つめて

加藤宗哉

　自分の仕事のなかで遠藤周作が「本職」と呼んだのは、生涯に五作の「純文学書下ろし長篇」であった。四十三歳で書いた『沈黙』（昭和四十一年）にはじまり、『死海のほとり』（昭和四十八年）、『侍』（昭和五十五年）、『スキャンダル』（昭和六十一年）、そして『深い河（ディープ・リバー）』（平成五年）である。偶然かどうか、これらの作品はほぼ七年の間隔で刊行されている（『侍』と『スキャンダル』の間だけが六年）。

　これら五つの書下ろし長篇は、すべて原稿用紙の裏側、つまり罫線が印刷されていない白紙の側に、2Bか3Bの鉛筆で書かれた。それもかなり小さな文字で書かれたため、この一枚の原稿は四〇〇字詰め原稿用紙に換算するとほぼ六枚分の長さになった。書き手の性癖から来た手法なのかもしれないが、やはり意識の集中を高めるための独自の手段だったと考えられる。それゆえ、たとえば本書『深い河』創作日記』のなかの、「昔は原稿用紙二枚にぎっしり書けたものが、今は一枚半でへとへとだ」(平成四年三月一日)というのも、用紙裏側を使った分量の話で、「一枚半」は、四〇〇字換算なら十枚ほどになるのである。ただし、遠藤周作は「書下ろし長篇」以外ではこの執筆法をとらず、たとえば短篇小説、新聞小説やエッセイの執筆には、原稿用紙のマス目に文字を埋めていた。

『『深い河』創作日記』は、原稿用紙には書かれていない。B5判大学ノートに縦書きで記されている。書き出しは「一九九〇(平成二)年　八月二十六日」だから、著者はちょうど戦国大名・大友宗麟を主人公にした「王の挽歌」(「小説新潮」)の連載の半ばにあり、さらに九月からは戦国三部作の完結版「男の一生」の連載(「日本経済新聞」)も決まっていた。この年、遠藤周作は六十七歳である。肝臓や前立腺、高血圧の治療は受けていたし、食事や酒にある程度の制限はあったものの、生活自体は比較的自由で穏やかに過ぎていた。ただ、前作の書下ろし長篇『スキャンダル』からは四年半が経過していて、そろそろ次なる長篇の準備に入らねばならない時期ではあった。

構想されていたのは、『スキャンダル』で手をつけた〝悪〟をテーマとする小説だったことは、日記の冒頭部からも明らかになっている。前作に登場した「成瀬夫人」——無意識の底に悪を持つ人物——を主人公の一人とし、神の光がその悪にも射すか否かを書こうと計画していた。しかしこの時点では、小説構想は未だ「漠然たるイメージ」の域を出ていない。ただ、舞台がインドであることだけがはっきりと示されている。

じつはこの一年前、遠藤周作は雑誌で当時京都大学教授だった河合隼雄氏と対談し、自身の近況についてこう語っていた。

「じつは、今度書く小説の最後の場面は、ベナレスへ行った夫婦がガンジス河の岸に腰かけて、死者が流れていくのを二人でぼおっと見ているところで終わるんです。つまり永遠に向かっていく大きな河の岸辺に夫婦が並んで座っているのですが、とにかく視線だけは同じになっている」(「プレジデント」平成元年九月号)

この構想が実現しなかったことからも、小説というものが如何に計画通りに行かないものかを知ることができるが、とにかく当初は、悪を描きつつも、河＝大いなる命に辿りつきたいと考えていたらしい。だからこそ、小説のタイトルは「河」になっていた(これが「深い河」になるのは、ずっと後の、書き終えた草稿に手を入れている段階)。

しかしこの小説はなかなか捗らずに平成二年は暮れ、翌年の正月七日の日記には、

「本格小説、依然として着手できず。わが身を恥じるのみ」とあって、以後の日記には空欄がつづく。

記述が再開するのは、八か月が経った頃である。「『男の一生』連載を終り、愈々純文学に久しぶりにとり組むことにする」と新たなる覚悟が記され、一つの出来事が報告される。おそらく、このことを書きとめておきたいが故に、日記は再開されたと思われる。

「数日前、大盛堂の二階に偶然にも棚の隅に店員か客が置き忘れた一冊の本がヒックの『宗教多元主義』だった。これは偶然というより私の意識下が探り求めていたものがその本を呼んだと言うべきだろう」

「偶然にも」と書き出しておいて、それを否定する。「偶然というより私の意識下が探り求めていたものがその本を呼んだ」のだと……。つまり、新しい長篇を書き悩んでいた者に、一つの遭遇が舞い降りたのである。ヒックの本が、小説の行く手を指し示した。

ジョン・ヒック『宗教多元主義』は、一九八五年にイギリスで出版されていた。それは遠藤周作が大盛堂でその本を見かける六年前のことだが、日本では間瀬啓允氏による翻訳本が一年前（一九九〇年十月）に法蔵館から出ていた。しかし目立つことのない専門書であり、当時はまだ再版もされていなかった。おそらく客の誰かが書棚からいったん取り出して眺め、元の場所には納めずに平台へ放置したのだろう。

ヒックはこの書のなかで、他宗教を排撃するキリスト教を批判して、新しい宗教理解法を提唱していた。つまり、宗教はキリスト教中心ではなく、またほかのどんな宗教が中心でもなく、ただ神を中心にまわっている。神がいわば太陽であり、すべての宗教はそれを反射する存在に過ぎない、というのである。キリスト教、イスラム教、ユダヤ教、ヒンズー教、仏教という多くの宗教のなかで人間は生活しているが、一つの教えだけが真理であるという立場を取るべきではなく、対話のなかで究極的な神に導かれるべきだ――これがヒックの唱える多元主義であった。

しかし、これはもともと遠藤周作のなかにも備わっていた主張であった。事実、この日記のなかでも著者はグレアム・グリーン『ヒューマン・ファクター』の主人公カースルの言葉、「おれは基督教の神もヒンズーの神も半分信じる気持になった。大事なのは宗教の形ではなく、イエスの愛を他の人間のなかで発見した時だ。イエスはヒンズーのなかにも仏教信者のなかにも無神論のなかにもいる」を共感とともに引用している。

それでもヒックの本に遭遇したことがきっかけとなって、遠藤周作の小説が軌道修正されたことは日記から想像できる。すなわち、それまでのテーマであった「悪」は後退し、「信仰への確信」あるいは「救い」の方向へと主題が移っていく。何もヒックの書が『深い河』を導いたと言うのではなく、もともと多元的な宗教理解が遠藤周作という作家のなかにあり、そこへたまたまヒックの本が姿を見せたというべきなのだろう。

「思いがけぬ小説の展開」と日記にはある。「美津子は少し背後に退き、深津が前面に出はじめた」（平成四年五月二日）

「深津」は、のちに「大津」と変更される落伍した神父だが、美津子にかわって物語の主人公となり、その美津子も「悪」を照射する人物から「救済」の対象へと変っていく。

さらに、初稿を書き上げる二か月少し前になって小説の冒頭を変更したことも日記は明かしている。「磯辺夫妻」の登場である。

「最初の書き出しがやっと決まる。／「わたし必ず生れかわるわ。場所は何処かわからないけど……あなたの生きている間、この世界の何処かに、必ず生れてくるから」／「そうか」／磯辺は妻の手を握りしめながら強くうなずいた（一行アキ）この書き出しで読者を一挙につかむ事ができる。この書き出しで、この小説に叙情的な甘美さを与えることができる」

作者の昂奮も伝わってくる気がするが、それでもこの書下ろし長篇『深い河』が完成するまでには、まだまだ長い時間と、想像を絶する苦闘、そして老いの煩悶がつづいた。構想を得てから二年が経った、初稿がようやく出来あがった秋の日の記述は胸に沁み、そして心を洗う。

「これから初稿をねるのだ。（略）荒削りのまま初稿を終えたが老齢の身で純文学の長篇は正直へとへとになった。固い氷塊にぶつかり、難儀したことは何度もあった。力わざでそこを押し切ったため、文章に命が通っていない部分も多々あるだろう。『沈黙』のように酔わせない。『侍』のように重厚になっていない。／季節はすさまじい残暑のあと、やっと秋の冷しさが訪れた。仕事場から見える陽の光も柔らかい」

（平成四年九月八日）

○

慶應義塾大学仏文の高山鉄男教授から、「遠藤さんは『深い河』の創作ノートを付けていたのではないですか」と訊かれたのは、没後半年が経った頃だった。「じつは以前に遠藤さんから、創作ノートがあるのでこんど読んでもらおうかな、と言われたことがあるのです」

なんでも『深い河』を書き上げた直後、高山氏が雑誌の対談で会い、終了後の雑談でそう聞いたという。私はその直前に「三田文学」編集の任に着いたこともあって、もしそんな日記があれば公表できぬものかと遠藤家に電話をかけたのである。すると、順子夫人は「心当たりがない」ということだった。

ところが翌日、ノートは見つかったのである。なんでも書斎の片隅に伏せて置かれていたため、それまで気づくことがなかったということだった。私はすぐに遠藤家へ向った。

目のまえへ置かれたのは、表紙に「創作ノート」と自身の手で書かれた分厚い大学ノートだった。その約半分、八十ページほどにびっしりと細かい文字が埋められていた。それを借り受けて、その晩、私は一気に読んだ。『深い河』の構想を得てから完成に至るまでのほぼ三年間の創作ノートには、同時に、七十歳を過ぎていく作家の日常も綴られていた。

ノートを借り受けてくるとき、順子夫人が、「主人らしいでしょ、書き出せない自分に、怠慢恥じるのみ、わが身を恥じる、と繰り返し書いています」と言ったのを日記の記述に確かめているうち、七十歳を迎え、越していく小説家の、それまで知ることのなかった苦悩に息が継げなくなった。なかでも、初稿完成のほぼひと月前の記述は痛切である。

「何という苦しい作業だろう。小説を完成させることは、広大な、余りに広大な石だらけの土地を掘り、耕し、耕作地にする努力。主よ、私は疲れました。もう七十歳に近いのです。七十歳の身にはこんな小説はあまりに辛い労働です。しかし完成させねばならぬ」（平成四年七月三十日）

こうして平成五年、『深い河』は完成し、六月、本となった。だがこのとき、著者は病床にいた。その直前に人工透析の準備のため、東京・順天堂大学病院で手術を受けていたのである。創作日記の最後「病状日記」はその折の記録だが、じつはここだけ口述筆記になっている。

ノートに残されたその文字を見て、遠藤家へ日記を返しに行った際、私は順子夫人に「これは奥さまの字ですね」と訊いた。夫人はうなずき、「そういえば病室で主人から、このノートを完成させたいから口述筆記してくれと言われました」と明かしてくれた。「でも、そのときは病気のことや慌ただしさで、自分が口述筆記をしたことさえ覚えていなかったの、ごめんなさいね、だからあなたから創作日記のことを訊かれたときにも、知らないと答えてしまった」

創作ノートの最後の行ちかくに、「女房はほとんど眠っていない」という言葉があるのを私は思い起こした。そんな過酷な状況のなかでも敢えて日記を完成させようとした作家の一念に啞然とし、そして頭を垂れた。私はまえの晩、その日記を創作ノートや日記としてではなく、言うならば一篇の小説として読んでいたのだった。たとえば荷風の『断腸亭日乗』が偏奇館炎上というクライマックスを持つ上質の小説であったのと同じに、『深い河』創作日記』も、人生最後の長篇の完成を直前にして腎臓を病む七十歳の小説家を主人公とした、哀しみと願いの記録＝物語だと思ったのである。

年譜

遠藤周作

一九二三年（大正一二年）

三月二七日、東京巣鴨で、父常久、母郁（旧姓・竹井）の次男として生まれる。二歳年上の兄正介との二人兄弟。父は第三銀行に勤務。母は上野の東京音楽学校（現・東京芸術大学）ヴァイオリン科に学び、安藤幸（幸田露伴の妹）やアレクサンダー・モギレフスキーに師事した音楽家だった。

一九二六年（大正一五年・昭和元年）　三歳

父の転勤で満州（現・中国東北部）・大連に移る。

一九二九年（昭和四年）　六歳

大連市の大広場小学校に入学。母は毎日、朝から夕方までヴァイオリンの練習をつづけ、冬には指先から血を流しながら弾きつづけた。

一九三二年（昭和七年）　九歳

この頃から父母が不和となり、夜、諍いの声が寝ている息子たちの耳に響いた。飼犬クロにむかってぼやく日がつづく。

一九三三年（昭和八年）　一〇歳

父母の離婚が決定的となり、夏休み、母に連れられて兄と共に帰国。神戸市六甲の伯母（母の姉）の家にいったん同居し、まもなく西宮市夙川に転居。二学期から六甲小学校に転校。カトリック信者の伯母に連れられて夙川カトリック教会に行き、ほかの子供たちと公教要理を聞く。

一九三五年（昭和一〇年）　一二歳
六甲小学校を卒業し、兄と同じ私立灘中学校に入学。能力別クラス編成で、一年はA組だったが、二年B組、三年C組と下がり、四年と五年は最下位のD組だった。この年の五月、母が小林聖心女子学院の聖堂で受洗。六月二三日、周作も兄と共に夙川カトリック教会で洗礼を受ける。洗礼名ポール（パウロ）。

一九三九年（昭和一四年）　一六歳
中学四年時で三高を受験するが失敗。この年、西宮市仁川の月見ケ丘に転居。母はイエズス会のドイツ人神父ペトロ・ヘルツォークと出会い、その指導のもとに厳しい祈りの生活をはじめる。周作は学校では不出来な少年で、映画に惹かれて嵐寛寿郎や桑野通子に憧れた。またこの頃、十返舎一九『東海道中膝栗毛』を読み、弥次・喜多の生き方に共感した。

一九四〇年（昭和一五年）　一七歳
灘中学校を一八三人中の一四一番の席次で卒業。この春も再度の三高受験に失敗し、仁川での浪人生活がはじまる。一方、兄正介はこの四月、一高を卒業し、東京帝国大学法学部に入学、世田谷区経堂町八〇八番の父常久の家に移った。

一九四一年（昭和一六年）　一八歳
春、広島高校などの受験に失敗。四月、上智大学予科甲類（ドイツ語クラス）に入学、学内の学生寮・聖アロイジオ塾に入る。一二月、校友会雑誌「上智」（第一号）に論文「形而上的神、宗教的神」を発表。

一九四二年（昭和一七年）　一九歳
二月、上智大学予科を退学。仁川にもどり受験勉強を再開。姫路、浪速、甲南などの高校を受けるがいずれも不合格。母の家を出て、東京の父の家に移る。九月、兄正介は東大を卒業し逓信省へ。入省と同時に海軍へ現役入隊し、翌年一月、海軍主計中尉としてシンガポールへ赴任、そのまま現地で終戦を迎える。

一九四三年（昭和一八年）二〇歳

四月、慶應義塾大学文学部予科に入学。父の家を出て、信濃町のカトリック学生寮・白鳩寮に入る。寮の舎監にカトリック哲学者・吉満義彦がいた。

一九四四年（昭和一九年）二一歳

二月末から三月初め頃、吉満の紹介状を持って堀辰雄を杉並の自宅に訪ねる。その後、堀が喀血して東京を離れたため、周作は月に一度ほど病床の堀を信濃追分に訪ねる。戦局が苛烈となって慶應での授業はほとんどなく、勤労動員で川崎の工場へ通った。夏に受けた徴兵検査は第一乙種で、入隊一年延期となる。

一九四五年（昭和二〇年）二二歳

三月の東京大空襲で白鳩寮は閉鎖となり、経堂の父の家にもどる。慶應義塾大学文学部予科を修了し、仏文科に進学。入隊延期期限が切れる直前、終戦となる。三田の教室にもどり、病気療養中の佐藤朔に手紙を書き、堀辰雄の紹介もあって永福町の佐藤の自宅を訪ねる。以後、佐藤家の応接間で講義を受けることによってフランスの現代カトリック文学への関心を深める。

一九四七年（昭和二二年）二四歳

八月、最初の評論「フランス・カトリック文学展望——ベルナノスと悪魔」を「望楼」（ソフィア書院発行）に発表。一二月、「神々と神と」が神西清に認められ、「四季」（角川書店発行）に掲載。また「カトリック作家の問題」を佐藤朔の推薦により「三田文学」一二月号に発表。

一九四八年（昭和二三年）二五歳

三月、慶應義塾大学仏文科を卒業。卒業論文

は「ネオ・トミズムにおける詩論」。評論「堀辰雄論覚書」を神西清の推挙で「高原」三、七、一〇月号に発表。生活は「カトリック・ダイジェスト」誌の編集手伝いと、鎌倉文庫（出版社）の嘱託としての俸給でまかなった。一〇月に評論「此の二者のうち」、一二月に「シャルル・ペギイの場合」を共に「三田文学」に発表、「三田文学」の同人となって丸岡明、原民喜、山本健吉、柴田錬三郎、堀田善衞などの先輩を知る。なおこの年、小林聖心女子学院からの依頼で戯曲「サウロ」を書き、同学院の高校三年生によって上演された。

一九四九年（昭和二四年）二六歳

「モジリアネの少年」を「高原」一月号に、「野村英夫氏を悼んで」を「三田文学」二月号に、「神西清」を「三田文学」五月号に、「ジャック・リヴィエール—その宗教的苦悩」を「高原」五月号に、「野村英夫氏の思い出」を「望楼」七・八月号に、「山本健吉」を「三田文学」八月号に、「E・ムニエのサルトル批判」を「個性」八月号に、「精神の腐刑—武田泰淳について」を「個性」一一月号に、「ランボオの沈黙をめぐって—ネオ・トミスムの詩論」を「三田文学」一二月号に、「ピエール・エマニュエル」を「世紀」一二月号に発表。

一九五〇年（昭和二五年）二七歳

「フランソワ・モウリヤック」を「近代文學」一月号に、「聖年について」を「人間」二月号に、「立見席から」を「近代文學」三・四月合併号に、「誕生日の夜の回想」を「三田文学」六月号に発表。六月四日、戦後最初のフランスへの留学生として「マルセイエーズ号」で横浜港から出航。同じ四等船客に、フランスのカルメル会修道院での修行をめざす井上洋治がいた。この船旅のなかで小説を書くことを心に決める。七月五日、マルセイユ到着。二ヵ月間をルーアンの建築家であるロビンヌ家に過ごし、九月、リヨンへ。リヨン・カトリック大学近くの学生寮クラリッジ寮に入り、カトリック大学の聴講生の手続きをとる。またリヨン国立大学のルネ・バディ教授のもとでフランス現代カトリック文学の研究をめざし、フランソワ・モーリヤックの作品における愛と客嗇」のテーマで学位論文作成の承認をえる。翌年一二月には「フランス現代カトリック文学における愛と客嗇」のテーマで学位論文作成の承認をえる。

一九五一年（昭和二六年）二八歳

フランスから書き送ったエッセイ「恋愛とフランス大学生」が「群像」二月号に、「フランス大学生と共産主義」が同五月号に、「フランスにおける異国の学生たち」（のちに小説として「フォンスの井戸」と改題）が同九月号に掲載される。また「フランスの街の夜」が「カトリック・ダイジェスト」八月号に、「赤ゲットの仏蘭西旅行」が同一一月号から翌年七月号にかけて連載される。この年、三月末に原民喜の自殺を知らせる手紙と遺書を受けとる。八月、モーリヤックの『テレーズ・デスケルウ』の舞台であるランド地方を徒歩で旅行。一二月に入り血痰の出る日がつづく。

一九五二年（昭和二七年）二九歳

四月、アルプス山脈のふもとの村ソリエールで春休みを過ごす。六月、多量の血痰を吐き、九月までスイス国境に近いコンブルー国際学生療養所に入所。そこに保養に来ていたソルボンヌ大学やパリ高等師範学校の学生らと知り合い、彼らからパリに来ることを勧められる。九月下旬、リヨンにもどった後、パリに移り日本館に居を定める。ソルボンヌ大学に登録するものの授業には通わず、コンブルーで知り合った仲間たちとの勉強会に参加。一二月、肺に影が発見され、ジュルダン病院に入院。

一九五三年（昭和二八年）三〇歳

帰国を決め、一月八日、病院を出る。一二日、日本郵船「赤城丸」でマルセイユを出航。二月、神戸港着。迎えに来た母に付き添われて東京へもどり、父の経堂の家に落ち着く。気胸療法に通いながら、しばらくは寝たり起きたりの生活を送った。三月、原民喜を偲ぶ花幻忌に出席し、「三田文学」の先輩たちとの交流を復活させると同時に執筆も再開。「原民喜と夢の少女」を「三田文学」五月号に、「滞仏日記」を「近代文學」七〜一〇、一二月号に、「アルプスの陽の下に」を「文學界」九月号に発表。また七月には、留学時に「群像」に書き送ったエッセイをまとめた最初の著書『フランスの大学生』を早川書房より出版。一二月二九日、母郁が脳溢血で突然に死去（五八歳）。

一九五四年（昭和二九年）三一歳

四月、文化学院講師となる。奥野健男の勧めで「現代評論」に参加、「マルキ・ド・サド評伝」（I、II）を同誌六、一二月号に発表。また安岡章太郎を通じて「構想の会」に入り、庄野潤三、小島信夫、近藤啓太郎、吉行淳之介、三浦朱門らを知る。一一月、初めての小説「アデンまで」を「三田文学」一一月号に発表。

〔その他の作品〕「シャロック・ホルムスの時代は去った」（「文學界」二月号）、「四等船客のフランス旅行」（「旅」七月号）、「一人の療養詩人―詩と視と死と」（「短歌」九月号）。

一九五五年（昭和三〇年）三二歳

村松剛、服部達とメタフィジック批評を提唱。七月、「白い人」（「近代文學」五、六月号）で第三三回芥川賞を受賞。九月、慶應仏文の後輩・岡田順子と結婚。父の家に同居するが、一一月に同じ経堂内に転居。

〔その他の作品〕「サド侯爵の犯罪」（「知性」三月号）、「学生」（「近代文學」四月号）、「メタフィジック批評の旗の下に」（匿名批評「文學界」四月号～九月号）、「地の塩」（「別冊文藝春秋」第四七号・八月）、「コウリッジ館」（「新潮」一〇月号）、「黒い十字架」（「知性」一〇月号）、「黄色い人」（「群像」一一月号）、『太陽の季節』論―石原慎太郎への苦言」（「文學界」一一月号）など。

一九五六年（昭和三一年）　三三歳

初めての長篇「青い小さな葡萄」を「文學界」に連載（一月号～六月号）。四月より上智大学文学部非常勤講師を一年間つとめる。六月、長男・龍之介誕生。世田谷区松原に転居。

〔その他の作品〕「タカシのフランス一周」（「ふらんす」五月号～翌年四月号）、「有色人種と白色人種」（「群像」九月号）、「小説家と批評家との間」（「近代文學」九月号）、「椎名麟三論―微笑をとりめぐるもの」（「文藝」一一月号）、「ジュルダン病院」（「別冊文藝春秋」第五五号・一二月）など。

一九五七年（昭和三二年）　三四歳

三月、長篇小説の取材のため福岡に行き、九州大学医学部などを訪ねる。その後「海と毒薬」を「文學界」（六、八、一〇月号）に発表。夏、梅崎春生の紹介で蓼科に別荘を借りて過ごす。

〔その他の作品〕「新しい批評のために」（読売新聞夕刊・一月八日）、「神のない人間の結びつき―カミュの新作とフランス文学の新しい傾向」（朝日新聞・二月二日）、「パロディ」（「群像」一〇月号）、「月光のドミナ」（「別冊文藝春秋」第六〇号・一〇月）、「寄港地」（「新日本文学」一二月号）、戯曲「女王」（「文學界」一二月号・一幕物戯曲特集。この戯曲は同月、俳優座劇場で劇団四季により上演された）。

一九五八年（昭和三三年）　三五歳

四月、成城大学文学部非常勤講師となり「フランス文学論」を一年間講ずる。『海と毒薬』を文藝春秋新社より刊行。この年から夏を軽井沢に過ごす。一〇月、ソ連邦タシケントで開かれるアジア・アフリカ作家会議に、伊藤整、野間宏、加藤周一らと出席。一一月、長篇小説の取材のため鹿児島・桜島を訪れる。佐伯彰一編集の「批評」同人となり、創刊に村松剛らと参加。『海と毒薬』により第五回新潮社文学賞、第一二回毎日出版文化賞を受賞。NHKテレビに書いた台本「平和屋さん」が芸術祭奨励賞を受賞。年末、目黒区駒場に転居。
〔その他の作品〕「聖書のなかの女性たち」(「婦人画報」四月号~翌年五月号)、「文芸時評」(東京新聞夕刊・六月二三日~二五日)、「ドラマツルギーの貧困」(「文學界」七月号)、「夏の光」(「新潮」八月号)、「松葉杖の男」(「文學界」一〇月号)など。

一九五九年(昭和三四年)　三六歳
長篇「火山」を「文學界」に連載(一月号~一〇月号)。三月、初のユーモア長篇「おバカさん」を朝日新聞に連載(八月まで)。「サド伝」を「群像」九、一〇月号に発表。一一月、サド研究のため二度目の渡仏。二ヵ月ほどフランスに滞在し、サドの研究家ジルベール・レリイやピエール・クロソウスキイと会った後、スペイン、イタリア、ギリシャをまわり、エルサレムに寄って翌年一月に帰国。
〔その他の作品〕「野間宏ソ連同行記」(「新潮」一月号)、「最後の殉教者」(「別冊文藝春秋」六八号・二月)、「春は馬車に乗って」(産経新聞・四月一一日)、「周作恐怖譚」(「週刊新潮」七月一三日号~九月七日号)、「あまりに碧い空」(「新潮」一一月号)など。

一九六〇年(昭和三五年)　三七歳
四月、肺結核再発で東京大学伝染病研究所病院に入院。六月、病床でユーモア小説「ヘチマくん」を河北新報ほか地方紙に連載する(一二月まで)。一二月、慶應義塾大学病院へ転院。二年余にわたる闘病生活がはじまる。
〔その他の作品〕「サド侯爵の城」(「群像」四月号)、「クロソウスキイ氏会見記」(『ロベルトは今夜』所収、河出書房・五月)、「基督の顔」(「文學界」五月号)、「再発」(「群像」六月号)、「葡萄」(「新潮」七月号)、「男と猿と」(「小説中央公論」臨時増刊号・七月)、「不作法随筆『狐狸庵閑話』」(内外タイムス・七月三日〜八月一六日)、「船を見に行こう」(「小説中央公論」一一月号)など。

一九六一年(昭和三六年) 三八歳
一月七日、肺手術をうけ、二週間後に再手術。六月には一時退院して自宅療養し、夏を軽井沢の貸別荘に過ごすが、九月に再び慶應義塾大学病院に入院(この間、澁澤龍彦訳のマルキ・ド・サド『悪徳の栄え(続)』が猥褻文書として起訴された事件で、特別弁護人として出廷した)。一二月、三度目の手術。六時間におよぶ手術の最中、いちど心臓が停止した。
〔その他の作品〕「役たたず」(「新潮」一月号)、「肉親再会」(「群像」一月号)、「療養者に与うるの記—わが闘病記」(「中央公論」八月号)、「サド裁判で考えたこと」(産経新聞夕刊・八月一二日)、「第二回サド裁判をむかえて」(毎日新聞夕刊・一〇月二四日)など。

一九六二年(昭和三七年) 三九歳
五月、森繁劇団による「おバカさん」明治座上演(矢代静一劇化・演出)。同月、慶應義塾大学病院を退院、自宅で療養生活を送る。夏、軽井沢(鳥井原)に別荘を借りて過ごす。この年は体力も回復せず、短いエッセイを書くだけで終る。
〔その他の作品〕「なぜ神は黙っているのか」(毎日新聞夕刊・四月三〇日、五月七日、一四日)、「発射塔」(読売新聞夕刊・四月一一日〜翌年二月一八日)、「続・なぜ神は黙っているのか」(毎日新聞夕刊・五月二一日）、「私と荷風―作家の日記『断腸亭日乗』について」（「図書」一二月号）、「ユダと小説」（「風景」一二月号）、「聖書の中の女性」（毎日新聞夕刊・一二月一〇日〜翌年二月四日）。

一九六三年（昭和三八年）　四〇歳

復帰後の最初の長篇「わたしが・棄てた・女」を「主婦の友」に連載（一月号〜一二月号）。三月、町田市玉川学園に転居。この新居を狐狸庵と命名した。夏を軽井沢（野沢原）の貸別荘に過ごす。一〇月、「午後のおしゃべり」を「芸術生活」に連載（一〇月号〜翌年一二月号）。のちにこのエッセイを単行本化する際に「狐狸庵閑話」と改題した。一二月、カトリックの受洗をした三浦朱門の代父となる。

〔その他の作品〕「男と九官鳥」（「文學界」一月号）、「その前日」（「新潮」一月号）、「童話」（「群像」一月号）、「テレーズ・デスケルウという女」（「婦人公論」三月号）、「文芸時評」（「文藝」五月号〜八月号）、「一・二・三！」（北海タイムスほか・六月六日〜一二月一二日）、「私のもの」（「群像」八月号）、「札の辻」（「新潮」一一月号）など。

一九六四年（昭和三九年）　四一歳

長篇「爾も、また」を「文學界」に連載（二月号〜翌年二月号）。四月、長崎へ旅行。大浦天主堂近くの「十六番館」で、黒い足指の痕が残った踏絵を見る。夏を軽井沢（野沢原）の貸別荘に過ごす。

〔その他の作品〕「四十歳の男」（「群像」二月号）、「ユーモア文学のすすめ」（朝日新聞夕刊・七月七日）、「『近代文學』の想い出―あのころ」（「近代文學」終刊号・八月）、「帰郷」（「群像」九月号）など。

一九六五年（昭和四〇年）　四二歳

長篇「満潮の時刻」を「潮」に連載（一月号〜一二月号）。四月、書下ろし長篇のため長崎、島原、平戸を旅行。同行は三浦朱門と井上洋治。その後も長崎を数回訪れる一方、上智大学チースリク教授のもとで切支丹史の講義をうける。夏を軽井沢（六本辻）の貸別荘に過ごし、書下ろし長篇を脱稿。当初のタイトル「日向の匂い」は新潮社出版部の提案によって「沈黙」と変わった。なお、この年TBSテレビに書いたドラマ台本「わが顔」が芸術祭奨励賞を受賞。

〔その他の作品〕「大部屋」（「新潮」一月号）、「雲仙」（「世界」一月号）、「留学」（「群像」三月号）、「白い沈黙」（「新婦人」三月号～翌年二月号）、『海と毒薬』ノート」（「批評」復刊第一号・四月）、「道草」（「文藝」七月号）、「梅崎春生氏の死」（読売新聞・七月二一日）、「狐型狸型」（「オール讀物」八月号）、「協奏曲」（「マドモアゼル」八月号～翌年七月号）、「犀鳥」（「文藝春秋」八月号）、「笑いの文学よ、起これ」（東京新聞夕刊・九月一六、一七日）など。

一九六六年（昭和四一年）四三歳

三月、書下ろし長篇『沈黙』を新潮社より刊行。純文学作品にもかかわらずベストセラーとなるが、キリスト教会の一部からは批判され、禁書扱いにされた。四月、成城大学文学部非常勤講師となり、以後三年間「小説論」を担当。五月、戯曲「黄金の国」が劇団「雲」により都市センターホールで上演（芥川比呂志演出）。夏を軽井沢（六本辻）に過ごす。八月、「三田文学」が復刊されて編集委員に就任。一〇月、『沈黙』により第二回谷崎潤一郎賞を受賞。

〔その他の作品〕「切支丹時代の智識人」（「展望」一月号）、戯曲「黄金の国」（「文藝」五月号）、「人間をみつめる基督の眼」（「週刊読書人」五月二三日号）、「どっこいショ」（読売新聞夕刊・六月九日～翌年五月一五日）、「霧の中の声」（「婦人公論」八、九月号）、「雑種の犬」（「群像」一〇月号）、「原さんの詩」（「新潮」一一月号）など。

一九六七年（昭和四二年）　四四歳
八月、ポルトガルへ行って騎士勲章をうけ、アウブフェーラでの聖ヴィンセント（雲仙で拷問に耐え、長崎で殉教した聖人）の三百年祭で記念講演。リスボン、パリ、ローマをまわって九月帰国。この年、日本文芸家協会理事に選ばれる。
〔その他の作品〕「扮装する男」（「新潮」一月号）、「小説と戯曲」（「文學界」一月号）、「父の宗教・母の宗教―マリア観音について」（「文藝」一月号）、「快男児・怪男児」（熊本日日新聞ほか・一月一九日〜九月二七日）、「狐狸庵閑話」（「小説新潮」二月号〜一二月号）、「『沈黙』フェレイラについてのノート」（「批評」第七号・四月）、「もし……」（「文學界」七月号）、「土埃」（「季刊藝術」夏号・七月）、「テレーズとの対話」（「波」三号・七月）、「ピエタの像」（「勝利」七月号）、「ぼくたちの洋行」（「小説新潮」一〇月号）、「母と私」（『母を語る』所収、潮文社・一〇月）、「私の好きな小説―梅崎春生『蜆』」（『日本短篇文学全集』付録、別冊・短篇への招待　筑摩書房・一一月）、「合わない洋服」（「新潮」一二月号）、「ぼるとがる紀行」（「中央公論」一二月号）など。

一九六八年（昭和四三年）　四五歳
一年間の約束で「三田文学」編集長を引き受け、前年の秋から学生らを集めて編集準備に入る。編集号は一月号から一二月号まで。この間の「三田文学」は完売、新聞や雑誌で話題となり、ラジオでは「三田文学」編集部へのインタヴューまで行われた。三月、素人劇団「樹座」を結成、座長となり紀伊國屋ホールで第一回公演「ロミオとジュリエット」を行って、みずからもマキューショー役で出演。この春、日本テレビ「こりゃアカンワ」

に連続出演。五月、「聖書物語」連載開始（「波」一九七三年六月号まで五年間。のちに改題され『イエスの生涯』となる）。この年から軽井沢千ヶ滝に建てた山荘で夏を過ごす。

〔その他の作品〕「影法師」（「新潮」一月号）、「六日間の旅行」（「群像」一月号）、「周作口談」（「週刊朝日」一月五日号〜四月一二日号）、「わが編集長就任の弁」（「文學界」一月号）、「ユリアとよぶ女」（「文藝春秋」二月号）、「出世作のころ」（読売新聞夕刊・二月五日〜一三日）、「それ行け狐狸庵」（「文藝春秋」五月号〜翌年七月号）、「悪魔についてのノート」（「批評」第一二号・六月）、「楽天大将」（河北新報ほか・七月一九日〜翌年二月八日）、「なまぬるい春の黄昏」（「中央公論」八月号）、「永井荷風（一）」（「文學界」一〇月号）、「永井荷風（二）」（「文學界」一二月号）、「大変だァ」（産経新聞・一一月一日〜翌年四月二六日）など。

一九六九年（昭和四四年）　四六歳

一月、矢代静一受洗に際し代父となる。新潮社の書下ろし取材のため「三田文学」の後輩を連れてイスラエルへ行き、イエスの歩いた道をたどって一ヵ月後に帰国。三月、劇団「樹座」第二回公演「ハムレット」（紀伊國屋ホール）に亡霊役で出演。九月、戯曲「薔薇の館」初演（都市センターホール・芥川比呂志演出・劇団「雲」）。同月、映画『私が棄てた女』（浦山桐郎監督）封切り。この映画に一場面だけ出演し、浅丘ルリ子と共演。この年、『定本モラエス全集』編集によりポルトガル大使からヘンリッケ勲章を受ける。

〔その他の作品〕「母なるもの」（「新潮」一月号）、童話「白い風船」（朝日新聞・一月一日）、「小さな町にて」（「群像」二月号）、「学生」（「新潮」一〇月号）、「ガレリヤの春」（「群像」一〇月号）、戯曲「薔薇の館」（「文學界」一〇月号）など。
一九七〇年（昭和四五年）　四七歳
三月、毎日放送テレビドラマ「大変だァ」にゲスト出演。大阪万博で基督教館のプロデューサーを阪田寛夫、三浦朱門と共につとめる。同月、劇団「樹座」第三回公演「夏の夜の夢」（紀伊國屋ホール）。四月、イスラエルへ旅行（同行は矢代静一、阪田寛夫、井上洋治）、翌月帰国。一〇月、ローマ法王よりシルベストリ勲章（騎士勲章）を阪田、三浦と共にうける。
〔その他の作品〕「黒ん坊」（「サンデー毎日」六月二一日号〜翌年三月二八日号）、「巡礼」（「群像」一〇月号）、「ただいま浪人」（東京新聞・一一月二八日〜翌年一〇月二八日）、「悲劇の山城をさぐる」（「旅」一一月号〜一二月号）など。
一九七一年（昭和四六年）　四八歳
一月、「群像の一人（知事）」を「新潮」に、「群像の一人（蓬売りの男）」を「季刊藝術」に発表してイエスをめぐる群像を描いた連作が開始され、二年半後『死海のほとり』として結実。一一月、映画『沈黙』（篠田正浩監督）封切り。同月、タイ・アユタヤを取材で訪れ、イスタンブール、ストックホルム、パリなどをまわって帰国。
〔その他の作品〕「シナリオ『沈黙』」（「三田文学」一月号）、「群像の一人（アルパヨ）」（「新潮」七月号）、「群像の一人（大司祭アナス）」（「群像」一〇月号）、「群像の一人（百卒長）」（「新潮」一一月号）など。
一九七二年（昭和四七年）　四九歳
三月、三浦朱門、曾野綾子と共にローマを訪れ、法王パウロ六世に謁見、その後イスラエルへ立ち寄り四月帰国。六月、有吉佐和子らと文部省の中教審委員に就任。七月、渋谷区南平台のマンションの一室を仕事部屋とする。一一月、日本文芸家協会常任理事に就任。この年、『海と毒薬』がイギリスで、『沈黙』がスウェーデン、ノルウェー、フランス、オランダ、ポーランド、スペインで翻訳出版される。テレビのコマーシャルにも出演。

〔その他の作品〕「群像の一人（続・百卒長）」（「文藝」一月号）、「ピエロの歌」（京都新聞ほか・一月四日〜九月四日）、「狐狸庵閑話」（夕刊フジ・一月一八日〜五月一三日）、「ローマ法王謁見記」（産経新聞夕刊・四月一七日）、「ガンジス河とユダの荒野」（「群像」六月号）、「主観的日本人論」（朝日新聞・八月二一日〜九月一八日・週一度連載）など。

一九七三年（昭和四八年）　五〇歳

六月「群像の一人」と題して発表した短篇七篇を組み込んだ書下ろし長篇『死海のほとり』を新潮社より刊行。一〇月、「波」に連載した「聖書物語」を全面的に加筆、改題した『イエスの生涯』を新潮社より刊行。同月、戯曲「メナム河の日本人」初演（芥川比呂志演出・新橋ヤクルトホール・劇団「雲」）。一二月「別冊新評」で「全特集 遠藤周作の世界」。この年、ぐうたらシリーズ（『ぐうたら人間学』『ぐうたら交友録』一月刊行、『ぐうたら愛情学』四月刊行）が百万部を突破。

〔その他の作品〕「群像の一人（奇蹟を待つ男）」（「群像」一月号）、「指」（「文藝」一〇月号）、「口笛をふく時」（日本経済新聞夕刊・一二月三日〜翌年六月七日）など。

一九七四年（昭和四九年）　五一歳

年初の冬、支倉常長の取材で宮城県の月浦港へ。五月、仕事場を渋谷区富ケ谷に移す。七月、『遠藤周作文庫』（全五〇巻、別巻一・講談社）の刊行はじまる。一〇月、支倉常長の取材でメキシコへ。同月、戯曲「喜劇 新四谷怪談」初演（栗山昌良演出、渋谷・西武劇場、劇団「青年座」）。この年『おバカさん』

がロンドンの出版社ピーター・オウエンから出版される。
〔その他の作品〕「彼の生きかた」（産経新聞・三月一二日〜一〇月二日）、「身上相談」（「サンデー毎日」六月二三日号〜翌年三月一六日号）、「新版・狐狸庵閑話」（「小説新潮」一月号〜一二月号）、「遠藤周作の勇気ある言葉」（毎日新聞・七月二七日〜翌年一二月二九日）など。

一九七五年（昭和五〇年）　五二歳
年初の冬、支倉常長の取材で宮城県の旧支倉村（現・川崎町）を訪ねる。二月、『遠藤周作文学全集』（全一一巻）が新潮社より刊行開始（一二月まで）。同月、阿川弘之、北杜夫とロンドン、フランクフルト、ブリュッセルをまわり、在留日本人のために講演。
〔その他の作品〕「代弁人」（「新潮」七月号）、「あの人、あの頃」（新潮社『遠藤周作文学全集』月報に連載。二月〜一二月）など。

一九七六年（昭和五一年）　五三歳
評伝「鉄の首枷—小西行長伝」を「歴史と人物」に連載（一月号〜翌年一月号）。雑誌「面白半分」の編集長を引きうける（一月号〜六月号）。六月、小西行長の取材で韓国と対馬に行き、豊浦、釜山、熊川、慶州などをまわり同月帰国。ジャパン・ソサエティの招待でアメリカへ行きニューヨークで講演。一〇月、文芸誌「季刊創造」（武田友寿編集）の発刊に際し編集顧問となる。一一月、『沈黙』がポーランドのピエトゥシャック賞を受賞し、一二月に授賞式出席のためワルシャワに行き、その折、アウシュヴィッツ収容所を訪れる。
〔その他の作品〕「ダンス」（「文藝」一月号）、「死なない方法」（「週刊新潮」一月一日号〜九月二日号）、「聖母讃歌」（「文學界」四月号）、「うしろ姿」（「群像」一〇月号）、「天使」(「小説新潮」一一月号)、「走馬燈—その人たちの人生」(毎日新聞・二月一日〜翌年一月三〇日)、「舟橋さんのこと」(「風景」終刊号・四月)、「五日間の韓国旅行」(「海」九月号)、「日本とイエスの顔」(「季刊創造」創刊号・一〇月)など。

一九七七年(昭和五二年)　五四歳

一月、芥川賞選考委員となる。二月、劇団「樹座」の第五回公演オペラ「カルメン」(紀伊國屋ホール)でエスカミーリョ役で出演、歌唱も披露する。三月、三浦朱門らと編集に携わった『キリスト教文学の世界』(全二二巻・主婦の友社)の刊行がはじまる。五月、兄正介が食道静脈瘤破裂で死去(五六歳)。「イエスがキリストになるまで」を「新潮」に連載(五月号〜翌年五月号)。のちにこれを『キリストの誕生』と改題して刊行した。この年、『イエスの生涯』がイタリアの出版社クエリニアナより刊行される。

〔その他の作品〕「次々と友人が受洗するのを見て」(「波」一月号)、「ポーランドにて」(東京新聞夕刊・一月一〇日、一一日)、「アウシュヴィッツ収容所を見て」(「新潮」三月号)、「切支丹大名　蒲生氏郷の生涯」(「歴史と人物」七月号)、「伝記のなかのX」(「海」八月号)など。

一九七八年(昭和五三年)　五五歳

評伝「銃と十字架—有馬神学校」を「中央公論」に連載(一月号〜一二月号)。三月、劇団「樹座」が第六回公演として初めてミュージカル「トニーとマリア」(都市センターホール)を上演。樹座は解散までミュージカルを上演することになる。六月、『イエスの生涯』(イタリア語版)で国際ダグ・ハマーショルド賞受賞。この年、『わたしが・棄てた・女』がポーランドの出版社パックスより、『火山』がピーター・オウエンより、『イエスの生涯』がアメリカの出版社ポーリストより刊行される。
〔その他の作品〕「世界史のなかの日本史」(「文學界」一月号)、「王妃マリー・アントワネット(1、2、3)」(「週刊朝日」二月~翌々年七月)、「カプリンスキー氏」(「太陽」二月号)、「信長と西洋」(「野性時代」四月号)、「ア、デュウ」(「季刊藝術」七月号)、「老いの英語学習」(「新潮」一一月号)など。
一九七九年(昭和五四年)五六歳
二月、『キリストの誕生』で第三〇回読売文学賞の評論・伝記賞を受ける。同月、タイ・アユタヤへ取材旅行。また、女子パウロ会の布教雑誌「あけぼの」で連続対談はじまる(以後一〇年間、一〇七回におよんだ)。三月、日本芸術院賞を受賞。同月、香港からクイーン・エリザベス二世号で中国・大連へ行く(同行・阿川弘之)。四月、翻訳出版の件でロンドンへ行き、パリ、ローマをまわって帰国。「王国への道　山田長政」を「太陽」に連載開始(七月号~翌々年二月号)。一二月三一日の夜、書下ろし長篇『侍』を脱稿。この年、『口笛をふく時』がピーター・オウエンから刊行される。
〔その他の作品〕「還りなん」(「新潮」一月号)、「ワルシャワの日本人」(「文學界」一月号)、「日本の沼の中で—かくれ切支丹考」(「野性時代」一月号~六月号)、「名画・イエスの生涯」(「文藝春秋」一月号~翌年二月号)、「自伝抄—帰国まで」(読売新聞・五月九日~三一日)、「クワッ、クワッ先生行状記」(「小説現代」九月号)、「私のキリシタン」(朝日新聞夕刊・九月二一日~一〇月五日)など。
一九八〇年(昭和五五年)五七歳
一月、雑誌「面白半分」で遠藤特集「こっそり、遠藤周作」(臨時増刊号)。三月、慶應義塾大学病院に入院、蓄膿症の手術をうける。同月、遠藤家へ手伝いに来ていた鈴木友子が同じ病院で骨髄癌のため死去。四月、『侍』を新潮社より刊行。五月、劇団「樹座」を率いてニューヨークのジャパン・ソサエティでミュージカル「カルメン」を上演。一一月、「女の一生」の連載開始（朝日新聞・翌々年二月まで）。一二月、『侍』で第三三回野間文芸賞を受賞。この頃、素人ばかりの合唱団「コール・パパス」を結成。
〔その他の作品〕「日本の聖女」（「新潮」二月号）、「真昼の悪魔」（「週刊新潮」二月～七月）、「四度目の手術」（「新潮」六月号）、「河上徹太郎追悼『さむらひ』と『侍』」（「新潮」一二月号）など。

一九八一年（昭和五六年）　五八歳
前年からこの年にかけて、高血圧、糖尿病、肝臓病に苦しむ。四月、劇団「樹座」第九回公演「イライザ・ストーリー」（都市センターホール）。「女の一生（二部・サチ子の場合）」を朝日新聞に連載開始（七月三日～翌年二月七日）。九月、遠藤原作『闇のよぶ声』の映画化作品『真夜中の招待状』（野村芳太郎監督）封切り。この年、芸術院会員となる。また、遠山一行らと「日本キリスト教芸術センター」を東京・原宿のマンションのワンフロアーをつかって設立。
〔その他の作品〕「夫婦の一日」（「新潮」一月号）、「仕事部屋の窓から」（「さろん」一月号～翌年五月号）、「山田長政がなぜ私の興味をひいたか」（「太陽」三月号）、「授賞式の夜」（「海」六月号）、「燭台」（山陽新聞ほか・一〇月九日～翌年五月八日）など。

一九八二年（昭和五七年）　五九歳
一月、オペラ「黄金の国」（青島広志作曲）初演。三月、劇団「樹座」第一〇回公演「王妃マリー・アントワネット」が帝国劇場で行われる。四月、読売新聞にみずから持ち込んだ原稿「患者からのささやかな願い」が六回にわたって掲載され、その後の〈心あたたかな病院運動〉へとつながる。六月、遠藤責任編集の『モーリヤック著作集』（全六巻・春秋社）が刊行開始。遠藤が担当したのは「愛の砂漠」「テレーズ・デスケルー」の翻訳と、第三巻の解説。『侍』がピーター・オウエンから刊行される。
〔その他の作品〕「芥川比呂志氏を思う」（「新潮」一月号）、「あべこべ人間」（夕刊フジ・三月一六日〜九月一八日）、「日本の『良医』に訴える」（「中央公論」七月号）、「幼児プレイ」（「小説新潮」九月号）、「うしろめたき者の祈り」（「海」一〇月号）など。

一九八三年（昭和五八年）　六〇歳
五月、東京・青山の平田医院で痔の手術をうけ、即日退院。七月、囲碁クラブを設立し「宇宙棋院」と命名。長篇エッセイ「宗教と文学の谷間で」を「新潮」に連載（一〇月号〜翌年一一月号。のちに『私の愛した小説』と改題して刊行）。
〔その他の作品〕「ある通夜」（「新潮」一月号）、「通過儀礼としての死支度」（「海」三月号）、「六十歳の男」（「群像」四月号）、「私の感謝」（「新潮」小林秀雄追悼・四月号）、「意識の奥の部屋」（「文學界」追悼小林秀雄・五月号）、「元型（アルケティプ）について」（「文學界」七月号）、「色模様」（「別冊婦人公論」冬季号・一二月）など。

一九八四年（昭和五九年）　六一歳
五月、第四七回国際ペン東京大会の全体会議で「文学と宗教─無意識を中心として」と題して講演。六月、にっかつ芸術学院（のちに日活芸術学院と改称）の二代目学院長に就任。
〔その他の作品〕「奇蹟」（「オール讀物」一月号）、「疑問─親鸞とわたし」（「歴史と人物」五月号）、「執念」（「小説新潮」六月号）、「最後の晩餐」（「オール讀物」八月号）、「こんな医療がほしい」（読売新聞夕刊・一〇月二日～五日）など。
一九八五年（昭和六〇年）六二歳
四月、イギリス、スウェーデン、フィンランドを旅行。ロンドンのホテル・リッツで偶然にグレアム・グリーンに出会い、歓談。六月、日本ペンクラブの第一〇代会長に選任される。同月、アメリカにわたり、サンタ・クララ大学から名誉博士号をうける。カリフォルニア大学のジャック＝マリタン＆トーマス＝モア研究所で講演。
〔その他の作品〕「ピアノ協奏曲二十一番」（「別冊文藝春秋」一月号）、「六十にして惑う」（「新潮」一月号）、「妖女の時代」（「小説現代」二月号～翌年八月号は隔月連載。翌年二月号、翌々年一月号で完結）、「罪と悪とについて」（「中央公論」文芸特集春季号・三月）、「わが恋う人は」（京都新聞ほか・一一月一日～翌年七月八日）、「その夜のコニャック」（日本経済新聞・一二月一二日）など。
一九八六年（昭和六一年）六三歳
三月、書下ろし長篇『スキャンダル』を新潮社より刊行。五月、劇団「樹座」の第二回海外公演のためロンドンへ行き、ジャネッタ・コクラン劇場で「マダム・バタフライ」を上演。一〇月、映画『海と毒薬』（熊井啓監督）封切り。この作品は第三三回ベルリン国際映画祭で銀熊賞を受賞。一一月、台湾の輔仁大学の「宗教と文学の会」で講演。
〔その他の作品〕「私の学校 私の先生」（読売新聞・六月二日～二三日）、「石坂洋次郎氏を悼む」（朝日新聞・一〇月九日）など。
一九八七年（昭和六二年）六四歳
一月、芥川賞選考委員を辞任。五月、アメリカにわたりジョージタウン大学から名誉博士号を受ける。夏、北里大学病院に前立腺治療のため入院し、手術。一〇月、韓国文化院の招待で訪韓。一一月、〈『沈黙』の碑〉が長崎県外海町（現・長崎市）に完成し、除幕式に日本キリスト教芸術センターのメンバーらと共に出席（碑に刻まれた文字は「人間がこんなに哀しいのに主よ海があまりに碧いのです」）。一二月、目黒区中町に新築した家に転居。また、加賀乙彦の受洗に際し代父となる。

〔その他の作品〕「重層的なもの」（「新潮」一月号）、「幽体離脱」（「オール讀物」二月号）、「言葉の力」（「群像」四月号～六月号）、「花時計」（産経新聞・五月一一日～一九九五年三月二九日）、「患者の切望」（読売新聞・九月一六日～一八日）など。

一九八八年（昭和六三年）　六五歳

戦国三部作のはじまりとなる「反逆」を読売新聞に連載（一月～翌年二月）。この頃たびたび愛知県の木曾川周辺を訪れる。四月、ロンドンへ行き、同月帰国。六月、安岡章太郎の受洗に際し代父となる。八月、日本ペンクラブ会長として国際ペンクラブのソウル大会に出席、九月帰国。一一月、文化功労者に選ばれる。同月、岡山県小田郡美星町（母方の遠祖の出身地）に文学碑が完成し、除幕式に出席。この年、ピーター・オウエンより『スキャンダル』が出版される。

〔その他の作品〕「みみずのたわごと」（「新潮」五月号）、「梅崎春生『蜆』」（「群像」五月号）、「山本健吉氏をしのぶ」（読売新聞・五月九日）など。

一九八九年（昭和六四年・平成元年）　六六歳

四月、日本ペンクラブ会長を辞任。歴史小説の取材でたびたび琵琶湖畔などを訪れる。七月、「決戦の時」を大阪新聞ほかに連載開始。一二月、父常久死去（九三歳）。この年、〈老人のための老人によるボランティア〉を提唱し、ボランティア・グループ「銀の会」発足。ピーター・オウエンより『留学』刊行。

〔その他の作品〕「あの世で」（「オール讀

物」一月号）、「老いの感受性」（「文學界」三月号）、「キチジローはわたしだ」（朝日新聞・五月八日）、「私の履歴書」（日本経済新聞・六月一日～三〇日）など。

一九九〇年（平成二年）　六七歳

「王の挽歌」を「小説新潮」に連載開始（一月号～翌々年二月号）。二月、書下ろし長篇の取材のためインドを訪れ、ベナレスなどを見て同月帰国。七月、仕事場を目黒区の花房山のマンションに移す。九月、「男の一生」を日本経済新聞に連載開始（翌年九月まで）。一〇月、アメリカのキャンピオン賞を受賞。

〔その他の作品〕「読みたい短篇、書きたい短篇」（「新潮」一月号）、「『無意識』を刺激する印度」（読売新聞夕刊・三月二二日）、「自作再見―スキャンダル」（朝日新聞・四月八日）、「取材日記」（「文藝春秋」一一月号）など。

一九九一年（平成三年）　六八歳

四月、三田文学会理事長に就任。五月、アメリカにわたり、クリーヴランドのジョン・キャロル大学で行われた「遠藤文学研究学会」に出席、記念講演をし、同大学より名誉博士号を受ける。帰途、ニューヨークに寄って『沈黙』映画化の件でマーチン・スコセッシ監督と面談。九月、カトリック東京教区百周年記念で中央会館にて講演。一二月、台湾の輔仁大学から名誉博士号を受けるにあたって訪台。

〔その他の作品〕「無鹿」（「別冊文藝春秋」春号・四月）、「グレアム・グリーンをしのぶ」（読売新聞・四月五日）、「万華鏡」（朝日新聞・一一月三日～翌年一〇月二五日）など。

一九九二年（平成四年）　六九歳

九月、書下ろし長篇「河」（のちに『深い河（ディープ・リバー）』と改題）の初稿を脱稿。同月、腎不全と診断され、一〇月、順天堂大学附属病院に検査入院。一二月、退院。書下ろし長篇の推敲に取り組む。
〔その他の作品〕「戦国夜話」（「THE GOLD」四月号〜翌年三月号）、「小説技術についての雑談」（「文學界」五月号）など。
一九九三年（平成五年）七〇歳
二月、劇団「樹座」創立二五周年記念公演「オーケストラの少女」（青山劇場）。五月、順天堂大学附属病院に再入院。腹膜透析のための手術をうける。その後、自宅での透析生活に入る。六月、書下ろし長篇『深い河』が講談社から刊行される。一一月、オペラ「沈黙」初演（松村禎三作曲・日生劇場）。
〔その他の作品〕「病院での読書」（「群像」一月号）、「井筒俊彦先生を悼む」（「新潮」三月号）、「『ガンジス』で考えた生と死、そして宗教」（「現代」八月号）など。
一九九四年（平成六年）七一歳
歴史小説「女」を朝日新聞で連載開始（一月〜一〇月）。一月、『深い河』により第三五回毎日芸術賞を受賞。四月、ピーター・オウエンより『深い河』が刊行される（一三作目の英訳版）。インディペンデント新聞主催の外国小説賞の最終候補に残る。同月、『わたしが・棄てた・女』をミュージカルにした「泣かないで」（音楽座）の初演が東京芸術劇場ほかで行われる。五月に村松剛が、七月には吉行淳之介が死去。この年、イギリスで『わたしが・棄てた・女』英訳版が出版される。
〔その他の作品〕「原作者」（「新潮」一月号）、「二人の外国人神父」（「文藝春秋」二月号）など。
一九九五年（平成七年）七二歳
一月、「黒い揚羽蝶」を東京新聞で連載開始（三月二五日で連載中止）。二月、映画『深い河』（熊井啓監督）の零号試写を五反田イマジカで観る。四月、順天堂大学附属病院に入院。三田文学会理事長を退任。五月、『遠藤周作歴史小説集』（全七巻）が講談社より刊行開始（翌年七月に完結）。同月、「ニューヨークタイムズ」の書評で二ページにわたり『深い河』が取り上げられる。六月、退院。映画『深い河』封切り（この作品はモントリオール世界映画祭でエクメニカル審査委員賞を受賞）。八月二日、劇団「樹座」第二〇回記念公演「THEオーディション」が国立劇場で行われ、舞台から座長挨拶。九月、脳内出血を起こし順天堂大学附属病院に緊急入院。一一月、文化勲章を受章。一二月、退院。

一九九六年（平成八年）七三歳

四月、慶應義塾大学病院に検査入院し、同月退院。六月、再入院し腹膜透析から血液透析に切り替える。「佐藤朔先生の思い出」（「三田文学」夏季号・八月）を口述筆記し、これが絶筆となる。九月二九日、午後六時三六分、肺炎による呼吸不全により病室で死去。一〇月二日、東京・麴町の聖イグナチオ教会で葬儀ミサ、告別式。ミサの司式は井上洋治神父、弔辞は安岡章太郎、三浦朱門、熊井啓の三氏。参列者は四〇〇〇人におよんだ。

※この年譜は、「遠藤周作自作年譜」（「別冊新評・遠藤周作の世界」一九七三年）、広石廉二編「遠藤周作・年譜　一九二三年〜一九九六年」（「三田文学」一九九七年冬季号）、および山根道公編「遠藤周作年譜・著作目録」（『遠藤周作――その人生と「沈黙」の真実』）等の主要部分を借り、編者が加筆した。

（加藤宗哉・編）

本書は、『『深い河』創作日記』（一九九七年九月講談社刊）及び「三田文学」（一九九七年秋季号）に掲載された対談を収録した、講談社文庫版（二〇〇〇年九月刊）を底本にし、新たな解説、年譜にいたしました。なお「宗教の根本にあるもの」の初出は、「歴史読本ワールド」（一九九三年二月号）です。

『深い河』創作日記

遠藤周作

二〇一六年五月一〇日第一刷発行
二〇二三年一一月二四日第三刷発行

発行者——髙橋明男
発行所——株式会社 講談社
東京都文京区音羽2・12・21 〒112-8001
電話 編集(03)5395・3513
販売(03)5395・5817
業務(03)5395・3615

デザイン—菊地信義
印刷——株式会社KPSプロダクツ
製本——株式会社国宝社
本文データ制作—講談社デジタル製作

定価はカバーに表示してあります。

講談社文芸文庫

ISBN978-4-06-290311-0

講談社文芸文庫

著者	書名	解説等
青木淳選	建築文学傑作選	青木 淳——解
青山二郎	眼の哲学|利休伝ノート	森 孝一——人／森 孝一——年
阿川弘之	舷燈	岡田 睦——解／進藤純孝——案
阿川弘之	鮎の宿	岡田 睦——年
阿川弘之	論語知らずの論語読み	高島俊男——解／岡田 睦——年
阿川弘之	亡き母や	小山鉄郎——解／岡田 睦——年
秋山駿	小林秀雄と中原中也	井口時男——解／著者他——年
芥川龍之介	上海游記|江南游記	伊藤桂一——解／藤本寿彦——年
芥川龍之介 谷崎潤一郎	文芸的な、余りに文芸的な|饒舌録ほか 芥川vs.谷崎論争　千葉俊二編	千葉俊二——解
安部公房	砂漠の思想	沼野充義——人／谷 真介——年
安部公房	終りし道の標べに	リービ英雄-解／谷 真介——案
安部ヨリミ	スフィンクスは笑う	三浦雅士——解
有吉佐和子	地唄|三婆 有吉佐和子作品集	宮内淳子——解／宮内淳子——年
有吉佐和子	有田川	半田美永——解／宮内淳子——年
安藤礼二	光の曼陀羅 日本文学論	大江健三郎賞選評-解／著者——年
李良枝	由熙|ナビ・タリョン	渡部直己——解／編集部——年
李良枝	石の聲 完全版	李 栄——解／編集部——年
石川淳	紫苑物語	立石 伯——解／鈴木貞美——案
石川淳	黄金伝説|雪のイヴ	立石 伯——解／日高昭二——案
石川淳	普賢|佳人	立石 伯——解／石和 鷹——案
石川淳	焼跡のイエス|善財	立石 伯——解／立石 伯——年
石川啄木	雲は天才である	関川夏央——解／佐藤清文——年
石坂洋次郎	乳母車|最後の女 石坂洋次郎傑作短編選	三浦雅士——解／森 英一——年
石原吉郎	石原吉郎詩文集	佐々木幹郎-解／小柳玲子——年
石牟礼道子	妣たちの国 石牟礼道子詩歌文集	伊藤比呂美-解／渡辺京二——年
石牟礼道子	西南役伝説	赤坂憲雄——解／渡辺京二——年
磯﨑憲一郎	鳥獣戯画|我が人生最悪の時	乗代雄介——解／著者——年
伊藤桂一	静かなノモンハン	勝又 浩——解／久米 勲——年
伊藤痴遊	隠れたる事実 明治裏面史	木村 洋——解
伊藤痴遊	続 隠れたる事実 明治裏面史	奈良岡聰智-解
伊藤比呂美	とげ抜き　新巣鴨地蔵縁起	栩木伸明——解／著者——年
稲垣足穂	稲垣足穂詩文集	高橋孝次——解／高橋孝次——年
井上ひさし	京伝店の烟草入れ 井上ひさし江戸小説集	野口武彦——解／渡辺昭夫——年

▶解=解説　案=作家案内　人=人と作品　年=年譜を示す。　2023年11月現在

講談社文芸文庫

著者	書名	解説・年譜等
井上靖	補陀落渡海記 井上靖短篇名作集	曾根博義──解／曾根博義──年
井上靖	本覚坊遺文	高橋英夫──解／曾根博義──年
井上靖	崑崙の玉｜漂流 井上靖歴史小説傑作選	島内景二──解／曾根博義──年
井伏鱒二	還暦の鯉	庄野潤三──人／松本武夫──年
井伏鱒二	厄除け詩集	河盛好蔵──人／松本武夫──年
井伏鱒二	夜ふけと梅の花｜山椒魚	秋山 駿──解／松本武夫──年
井伏鱒二	鞆ノ津茶会記	加藤典洋──解／寺横武夫──年
井伏鱒二	釣師・釣場	夢枕 獏──解／寺横武夫──年
色川武大	生家へ	平岡篤頼──解／著者──年
色川武大	狂人日記	佐伯一麦──解／著者──年
色川武大	小さな部屋｜明日泣く	内藤 誠──解／著者──年
岩阪恵子	木山さん、捷平さん	蜂飼 耳──解／著者──年
内田百閒	百閒随筆 Ⅱ 池内紀編	池内 紀──解／佐藤 聖──年
内田百閒	[ワイド版]百閒随筆 Ⅰ 池内紀編	池内 紀──解
宇野浩二	思い川｜枯木のある風景｜蔵の中	水上 勉──解／柳沢孝子──案
梅崎春生	桜島｜日の果て｜幻化	川村 湊──解／古林 尚──案
梅崎春生	ボロ家の春秋	菅野昭正──解／編集部──年
梅崎春生	狂い凧	戸塚麻子──解／編集部──年
梅崎春生	悪酒の時代 猫のことなど ─梅崎春生随筆集─	外岡秀俊──解／編集部──年
江藤 淳	成熟と喪失 ─“母”の崩壊─	上野千鶴子─解／平岡敏夫──案
江藤 淳	考えるよろこび	田中和生──解／武藤康史──年
江藤 淳	旅の話・犬の夢	富岡幸一郎─解／武藤康史──年
江藤 淳	海舟余波 わが読史余滴	武藤康史──解／武藤康史──年
江藤 淳 蓮實重彥	オールド・ファッション 普通の会話	高橋源一郎─解
遠藤周作	青い小さな葡萄	上総英郎──解／古屋健三──案
遠藤周作	白い人｜黄色い人	若林 真──解／広石廉二──年
遠藤周作	遠藤周作短篇名作選	加藤宗哉──解／加藤宗哉──年
遠藤周作	『深い河』創作日記	加藤宗哉──解／加藤宗哉──年
遠藤周作	[ワイド版]哀歌	上総英郎──解／高山鉄男──案
大江健三郎	万延元年のフットボール	加藤典洋──解／古林 尚──案
大江健三郎	叫び声	新井敏記──解／井口時男──案
大江健三郎	みずから我が涙をぬぐいたまう日	渡辺広士──解／高田知波──案
大江健三郎	懐かしい年への手紙	小森陽一──解／黒古一夫──案

講談社文芸文庫

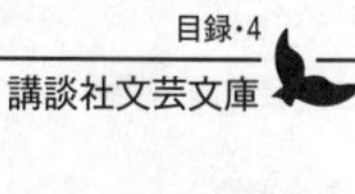

講談社文芸文庫

著者	書名	解説・年譜等
柄谷行人 蓮實重彦	柄谷行人蓮實重彥全対話	
柄谷行人	柄谷行人インタヴューズ1977-2001	
柄谷行人	柄谷行人インタヴューズ2002-2013	丸川哲史—解／関井光男—年
柄谷行人	[ワイド版]意味という病	絓 秀実—解／曾根博義—案
柄谷行人	内省と遡行	
柄谷行人 浅田彰	柄谷行人浅田彰全対話	
柄谷行人	柄谷行人対話篇 I 1970-83	
柄谷行人	柄谷行人対話篇 II 1984-88	
柄谷行人	柄谷行人対話篇 III 1989-2008	
柄谷行人	柄谷行人の初期思想	國分功一郎-解／関井光男・編集部-年
河井寛次郎	火の誓い	河井須也子-人／鷺 珠江—年
河井寛次郎	蝶が飛ぶ 葉っぱが飛ぶ	河井須也子-解／鷺 珠江—年
川喜田半泥子	随筆 泥仏堂日録	森 孝—解／森 孝—年
川崎長太郎	抹香町|路傍	秋山 駿—解／保昌正夫—年
川崎長太郎	鳳仙花	川村二郎—解／保昌正夫—年
川崎長太郎	老残|死に近く 川崎長太郎老境小説集	いしいしんじ-解／齋藤秀昭—年
川崎長太郎	泡|裸木 川崎長太郎花街小説集	齋藤秀昭—解／齋藤秀昭—年
川崎長太郎	ひかげの宿|山桜 川崎長太郎「抹香町」小説集	齋藤秀昭—解／齋藤秀昭—年
川端康成	一草一花	勝又 浩—人／川端香男里-年
川端康成	水晶幻想|禽獣	高橋英夫—解／羽鳥徹哉—案
川端康成	反橋|しぐれ|たまゆら	竹西寛子—解／原 善—案
川端康成	たんぽぽ	秋山 駿—解／近藤裕子—案
川端康成	浅草紅団|浅草祭	増田みず子-解／栗坪良樹—案
川端康成	文芸時評	羽鳥徹哉—解／川端香男里-年
川端康成	非常|寒風|雪国抄 川端康成傑作短篇再発見	富岡幸一郎-解／川端香男里-年
上林暁	聖ヨハネ病院にて|大懺悔	富岡幸一郎-解／津久井 隆—年
菊地信義	装幀百花 菊地信義のデザイン 水戸部功編	水戸部 功—解／水戸部 功—年
木下杢太郎	木下杢太郎随筆集	岩阪恵子—解／柿谷浩一—年
木山捷平	氏神さま|春雨|耳学問	岩阪恵子—解／保昌正夫—案
木山捷平	鳴るは風鈴 木山捷平ユーモア小説選	坪内祐三—解／編集部—年
木山捷平	落葉|回転窓 木山捷平純情小説選	岩阪恵子—解／編集部—年
木山捷平	新編 日本の旅あちこち	岡崎武志—解